奎文萃珍

玉杵記

[明] 楊之炯 撰

文物出版社

圖書在版編目（CIP）數據

玉杵記 / (明) 楊之炯撰. -- 北京 : 文物出版社, 2022.6
（奎文萃珍 / 鄧占平主編）
ISBN 978-7-5010-7417-4

Ⅰ. ①玉… Ⅱ. ①楊… Ⅲ. ①傳奇劇(戲曲) – 劇本 – 中國 – 明代 Ⅳ. ①I237.2

中國版本圖書館CIP數據核字(2022)第017769號

奎文萃珍
玉杵記　〔明〕楊之炯 撰

主　　編：鄧占平
策　　劃：尚論聰　楊麗麗
責任編輯：李子裔
責任印製：王　芳

出版發行：文物出版社
社　　址：北京市東城區東直門内北小街2號樓
郵　　編：100007
網　　址：http://www.wenwu.com
經　　銷：新華書店
印　　刷：藝堂印刷（天津）有限公司
開　　本：710mm × 1000mm　1/16
印　　張：17.75
版　　次：2022年6月第1版
印　　次：2022年6月第1次印刷
書　　號：ISBN 978-7-5010-7417-4
定　　價：100.00圓

序言

《玉杵記》，又名《藍橋玉杵記》，二卷，明雲水道人撰，明萬曆間浣月軒刻本。此明代傳奇劇本，共二卷三十六出，取材于《續列仙傳·裴仙郎全傳》。演裴航、李曉雲的婚戀故事。兩人原爲上界天仙眷侶，爲玉帝謫下凡間，分别投胎于雲中博士裴廣志、飛騎將軍李遐壽家，兩家指腹爲婚。曉雲出生時，携有月宫玉杵臼，因遐壽家貧，賣與虢州卞老。後裴廣志病亡，托孤于遐壽。裴航喜與仙道往來，爲岳父母所不喜。時值端午，曉雲遣婢愛春送彩綫艾符給裴航，被岳父遐壽發現，誤以爲調戲婢女，遂將裴航逐出李家。遐壽又應允富豪金萬鎰入贅爲婿，曉雲不從，抱石投河，爲祖母玄静救起，往終南山學道。裴航則往長安訪父執崔相國，得贈金，游學郢中，過藍橋，偶遇玄静與雲英（即曉雲），自爲媒求婚。玄静命其訪求玉杵臼爲聘禮。裴航至京，會試中探花，授兵部尚書。後解綬往虢州，于卞老處購得玉杵臼，趕往藍橋，與雲英完婚，乃知其即曉雲。夫妻雙雙至玉峰洞修行，終歸天界。

雲水道人生平不詳。浣月軒本《藍橋玉杵記》末附其所作散套《蓬瀛仙境》、雜劇《天臺奇遇》。此劇卷前有萬曆丙午（一六〇六）虎耘山人序，云『餘師（即雲水道人）謝迹塵囂，怡情山水，久不作聲聞想。適友人把玩藍橋勝事，焉爲傳奇以風世，師叱之曰：「箕山之隱，聞風却瓢，予遑爲人間飾鼓吹乎？」友人復跽而請曰：「黄鐘絶而雷缶鳴，郢曲高而知音寡，先生得無是慮邪？世有鐘儀，伯牙未可輟操也。」師數辭不得，乃强取故傳，稍加鉛飾，表以羽曲，大都托人籟以鳴天籟，皆世風寓言也』。此段文字，殆可見雲水道人之性情志趣。

同一題材的劇作還有明楊之炯《玉杵記》、吕天成《藍橋記》（以上均佚），清黄之雋《藍橋驛》。近人有誤楊之炯爲雲水道人者，即因楊之炯撰有《玉杵記》。但據《曲品·玉杵記》云：『此合裴航、崔護而成，選事頗佳。』而雲水道人之作并無崔護故事，故其非楊作無疑。當然，關于雲水道人是否另有其人，只是筆者根據現有資料所作的個人推測，不敢妄稱可靠。考慮部分作品已經散佚，業界也有將此書列在楊之炯名下者，故本書亦遵循舊説，依舊標爲楊之炯撰。

全書共有插圖三十六幅，每出一幅，皆合頁連式，最後一圖題『星源汪樵雲寫』。汪樵雲，徽州婺源縣人，爲徽派畫手。插圖擅用虛實、疏密對比方法，刀法運轉自如，人物神情逼真，衣褶綫條流暢，爲徽派版畫初期作品。虎耘山人序稱『本傳逐出繪像，以便照扮冠服』，可見戲曲版畫的功用，不僅在于提高圖書的藝術欣賞價值，同時也是梨園搬演的圖釋指南。

編者

二〇二二年五月

藍橋玉杵記叙

余師謝迹塵囂怡情雲水久不作聲聞想適友人把玩藍橋勝事乃為傳奇以風世師咤之曰箕山之隱聞風卻鄙予遑為人間飾鼓吹乎友人復跽而請曰黃鍾絶而雷缶鳴鄭

曲高而知音寡先生得無是慮邪世有鍾儀伯牙未可輟操也師數辭不得乃強取故傳稍加鉛飾表以羽曲大都托人籟以鳴天籟皆風世家言也倘觀場君子能入耳而感衷則李如之貞未始不足以繼響栢舟盧叉之

直未始不足以嗣音伐木而裴君慈師
師討罪奮三尺於燕中援訣飛仙契
二老於地下未必不足以壯玁狁之薄伐
觸蓼莪之深思也至若出入玄谷吐咲
丹砂則烟霞之味又在搔無絃者賞之
彼煙火塵襟慾深天淺者寧能作是觀

耶雖然人生三萬六千統屬傀儡場中求其解脫羈縻自持線索者古今不可屈指誰為祛迷雲於中天懸明月於長夜留余請以玉杵振清鐸云

萬曆丙午仲秋月甫耘山人書于浣月軒中

裴僊郎全傳

唐裴航字君慈山西雲中人父廣志以恩蔭授太常愽士航有祖姑適同邑李言家言生子遐壽壯為金吾將軍與航父友善議以異日續姻好其後遐壽坐失機還家家徒四壁值内趙夫人有孕忽夜夢一女子雲衣霞裳持玉杵臼乘白鳳自空而下謂夫人曰妾廣寒仙子也夙與閬苑仙有約今投杵臼相贈願為伊家閨玉矣明晨乃誕女索之衾中復得玉杵臼

以語壽〻駭之爰命名曰曉雲然家窘無以自給迺
鬻玉杵臼于鄜州卞氏家得價百金因以致富先是
裴廣志亦夢神人騎白龍入其室覺而誕一男子是為
裴航長慶四年春迺奠雁于李〻如約許之不移時
而航母韋夫人以瘵疾先逝廣志尋亦病篤召瑕壽
謂曰君年五十未有嗣續吾兒若兒也天不我祚今
將永訣身後事其屬阿翁乎乃卒瑕壽為治喪事畢
遂抱航歸以就養航六歲能文章稍長好僊每出輒

延道士歸與之論丹訣時航祖姑裴玄靜尚未霞升
而曉雲慕道亦如之常家居與祖母譚神仙事遐壽
夫頻輒聞而詈之航年十歲出就外傅與盧相國姪
顯同學不得覿雲面者凡五六年一日遐壽懸弧屆
期召入稱觴而雲在側兩目相視如天上人也席畢
即復就東園館然而少艾之好與吉士之慕有不能
為情者矣時曉雲每夜玩月于南園之與生隣風巻
雪月之感往往形之于唫咏間航聞愈不能為情竟

以成疾遐壽素不喜譚僊而航日與遊者多方士遐壽惡其不改以為必墟其家也屢欲逐之值五日曉雲以五絲貽生命妾持往適為壽所遇疑其有私于妾廼痛笞逐出歘更為女擇贅先時父母及雲郊行祭掃里富人子見而慕之至是遂賄媒求贅壽許之曉雲喻其意乃乘間言曰臣不二君女不二夫女志決矣壽夫婦不少動念也竟逼焉雲不得已于是歘抱石盡于河會裴玄靜先已尸解潛俟而救之引入

終南脩真既而踰年復返月宮先是裴航出無所依迺典衣入京師求助于父執崔相國且告以故相國曰女死矣夫復奈何贈錢二十萬令其游學郢中航別去因買舟于鄂渚會樊夫人仙舫濟之航窺見夫人有閉月貌情不自禁乘月夜侍婢泛水而投之詩曰同舟胡越猶懷想況遇天仙隔錦屏倘若玉京朝會去願隨鸞鶴入青冥夫人見之即令婢裊烟召生謂曰妾夫遊宦漢南有書促赴宦邸偶同舟楫辱惠

郢章可無一言答贈乎遂復詩曰一飲瓊漿百感生玄霜擣盡見雲英藍橋自是神僊窟何必崎嶇上玉京生誦良久不喻其意而舟已抵襄漢矣夫人令婢束裝去生鞭馬尾之遍歷名區杳不知其所向會至藍橋驛渴甚乃下道求飲見茅舍三五間老嫗績麻其下航揖求水嫗向簾中語曰雲英持一甌漿來航憶夫人詩正訝之忽簾內一女子伸腕如玉捧一甌漿嫗傳出與航飲之不啻甘露也乃語嫗曰生僕馬

劳頓容少憩此乎嫗曰任郎君便耳生良久復語嫗曰適所見閨秀請納禮而聘之可乎嫗曰予老而病僅一孫女昨有僊人授我丹藥一刀圭非得玉杵臼擣之不可君如垂愛須得此貽我耳其餘金帛無所用之航謝曰願以百日為期必擕至幸勿他許遂策馬入京師會京師大比天下士以詩辭舉生援花使辭不就惟日以訪玉杵臼為事親友見之若不相識咸訝以為狂忽遇貨玉者謂曰虢州卞老家昔嘗有

之令未卜售人否耳生復鞭馬至虢州時遐壽聞生登第悔之令人馳書往賀已不知生所之矣生謂卞老〻曰非二百金不售生廼傾橐金賣僕馬鬻之復徒步攜至藍橋嫗見大笑曰裴郎信人也寧不如議但須更為搗藥百日乃就婚禮耳航曰可嫗即就壺中傾藥付航〻〻為搗之夜則嫗收藥與杵臼于內室每猶聞搗藥聲航窺之即玉兎也及百日足嫗吞所搗藥謂航曰君好事近矣予當還故家告親屬為君

設幃帳遂攜女從東去少間朱鸞絳旌迎航至一大第銀釭如畫香篆連雲所見姻戚霍姿玉容悉神僊中人也乃就禮〻畢嫗指航謂姻屬曰郎君清冷真人裔也業當出世諸真幸青眼焉忽一女鬟髻霓衣謂航曰子忘我乎航曰未覩芳容何所謂忘女曰曩自鄂渚抵襄漢誰與君同濟者航愧謝之嫗曰此月殿雲翹樊夫人也已列高真爲劉綱仙君之妻裴郎當以姨稱矣居無何乃偕航於玉峰洞中棲以瓊樓

珠宇餌以絳雪瓊英之丹且命女援以伏毋真詮越
明年遂證大果嫗廼告曰老身若祖姑也雲英即汝
舊妻曉雲耳夙屬月娟以思凡謫人間世今得還玉
杵臼于月宮厥過贖矣已奉虛皇詔復爾為薇苑仙
君妻為雲英夫人第爾父母尚在幽冥不引昇天界
不可也航乃佩歛諧雲英往度之道遇友人盧顥詢
航屢歷航告以故乃贈藍田美玉紫府靈丹且附書
諭顥顥稽首請曰君慈既証大道當有玄詮乞惠

教航曰老子有言虚其心實其腹令人心多妄想腹漏精液無望僊果也顯猶憒然復語之曰艮背行庭丹訣盡矣遂隱雲間去

劉僊君傳樊夫人附

劉綱字伯鸞晉上虞令與妻樊夫人俱有道術能檄召鬼神禁制變化之道然潛脩密證人不能知為理尚清靜簡易而政令宣行民受其惠蓋邑無旱暵潦蟄之害無疫毒鷙暴之傷年歲大豐遠近忻仰暇日

常與夫人較其術用經作火燒客碓舍火從東而起
夫人即佐兩從西来禁之庭中兩株桃夫人呪一株
使之自落箱篋中經所呪者數落籬外經噀盤中即
成鯽魚夫人噀盤中成獺食其魚經與夫人入四明
山路值虎經禁之虎伏不起向經號之夫人徑往虎
前虎以面向地不敢仰視夫人以繩牽虎歸繫于坐
側經每共試俱不能勝將昇天縣廳側有大皂莢樹
經昇樹數丈始能飛舉夫人即平坐榻上冉冉如雲

之擧遂同昇天

裴真妃傳

裴玄静李言妻也嘗獨居夜中有笑語聲家人疑之潛窺之于窻隙間見二女子年可十六七歲鳳髻霓裳端妙絶世侍女數人皆雲鬟絳服綽約于側擧家驚呼於是侍女奏樂白鳳載玄静昇天而去

鐵拐先生傳

鐵拐先生李其姓也質本魁梧早得道脩真巖谷時

李老君與宛丘先生嘗降其山垂誨以道教一日先生將赴老君之約于華山囑其徒曰吾魄在此倘游魂七日而不返方可化也徒因母疾迅歸六日而化之先生至七日果返失魄無依乃附一餓莩之屍而起故形跛惡非其質矣

西王母傳

西王母即龜臺金母也以西華至妙之氣化而生于伊川姓緱諱回字婉姈一字太虛配位西方與東王

公共理二氣調成天地鈞陶萬品凡上天下地女子之登仙者咸所隸焉居崑崙之圃閬風之苑玉樓玄臺九層左帶瑤池右環翠水女五華林媚蘭青娥瑤姬玉卮周穆王八駿西巡乃執白圭玄璧謁見西王母復觴母于瑤池之上母為王謡曰白雲在天山陵自出道里悠遠山川間之将子無死尚能復来後漢元封元年降武帝殿致蟠桃七枚于帝帝食欲留核母曰此桃非世間所有三千年一實耳偶東方朔于

牖閒窺之母指曰此兒已三偷吾桃矣是日命董雙成吹雲和之笛王子登彈八琅之璈許飛瓊鼓靈虛之簧安法興歌玄靈之曲為武帝壽焉

集列仙傳終

凡例

一本傳原屬霞侶秘授撰自雲水高師首重風化兼寓玄詮閱者齋心靜思方得其旨

一本傳中多　聖真登場演者須盛服端容毋致輕褻

一本傳詞調多同傳奇舊腔唱者最易合板無待強諧

一本傳腔調原屬崑淅而楷錄澓倣鍾王俱洗凡

庸以追大雅具法眼者當自辯之
一詞曲不加點板者緣浙板崑板疾徐不同難以
膠于一定故但旁分句讀以便觀覽
一本傳逐齣繪像以便照扮冠服
一本傳科諢似詳演者慎勿牽強增入以傷大雅
一本傳茲因海內名公閧多渴慕故急刊布未遑
音釋重訂有待
一末附蓬萊天台二曲同出秘授

藍橋玉杵記目録

上卷

下卷

新鐫全像藍橋玉杵記卷上

雲水道人著

首齣　本傳開宗

【五湖月】（末）露電光陰有幾。蠅蝸紛逐無休。堪憐班鬢點霜稠。漏箭催殘夢。鶯梭織舊愁。春到花開錦幛。秋来月上銀鈎。當年人物盡荒坵。獨餘瀛海客。長與白雲游。

試問後房子弟。今日敷演誰家故事。那本傳奇。（内應云）裴仙郎藍橋玉杵記。（末）原来是這本傳奇。待小子畧道幾句家門。便見戲文大意。

沁園春

羽客裴航。玉真李女。宿綰鴛鴦。惜暗投玉杵。雲中轉劫。正逢兩姓姻締同鄉。蚤喪萱椿。托身岳丈。悔婚逐出事非常。最堪羡曉雲死節。玄母幸相防。崔相贈金游郢。樊仙詩引思偏長。更藍橋會後。廬生挽試。名登天府。秩拜玉堂。奉使北征。成功報捷。辭封踐約宿因償。證上果。超親天界。忠孝永留芳。

裴君慈道骨仙風　李曉雲氷姿瑤質

玄靜母玉杵聯姻　樊夫人青鸞消息

第一齣 蟾宮折桂

生扮張蔕航上

一枝花（生）滄洲鶴唳囀。閬苑花香滿。海天秋思起。仙槎泛路近。銀河牛女星偏燦。吟来見月半掩。料得嬋娟。冷落廣寒宮殿

〔念奴嬌引〕憑高眺遠。長空萬里。雲無留迹。桂魄飛来光射處。冷侵一天秋碧。玉宇瓊樓。乘鸞来去。人在清涼國。江山如畫。望中烟樹歷歷。小生乃玉天仙張蔕航是也。披拂風雲。吐吞湖海。鶴長駐于瀛洲。神每遊乎玉宇。今值中秋佳節。皓魄團圞。小生有妻樊氏雲英。夙得王母丹訣。飛昇月殿。昨寄香箋。約我攀枝桂苑。遠遠望見劉仙君跨鶴而来。不免在此等他同行〔小生扮劉仙君上〕

菊花新（小生）朝遊碧海暮蒼梧。萬里雲消皓魄孤。山河

影有無。風飄下滿空桂蕋。

（相見揖科）（小生云）張仙子。今夜却非新月朗。誰教張皺畫蛾眉。你来做什麼（生）仙君。却不道劉郎莫記歸時路。只許劉郎一度来（相笑科）（小生）閑話且止。我和你先到紫微垣遊玩一番。待月宫開時。月華自現。那時入宫折桂。豈不更妙（生）正是未攀丹桂樹。先赴紫微垣（生小生下）

（貼扮雲翹旦扮雲英小旦扮侍女流霞淨扮侍女裊烟上）

【一剪梅】（貼）玉簫吹斷彩雲收。人倚南樓。光滿瓊樓（旦）玉露零花香欵流。團扇分秋。羽曲飛秋。

（序禮科）【水調歌頭】鸞鏡幾時圓。惆悵問青天。銀缸晝屏依舊。人去動經年。風拂輕羅小扇。漸覺瓊樓玉宇。高處不勝寒。起舞弄清影。何似在人間（貼）奴家乃雲翹夫人。夙為劉綱仙君之妻。奉玉皇恩詔命為月仙領袖（旦）奴家乃張仙郎之妻玉女雲英是也（貼）妹妹今乃中秋良夜。必有蓬瀛仙客来此折桂。（旦）姐姐。但命流霞侵烟伺候便是（貼）分付科（小旦淨答應科）（小生仝生上）（小生）月華已滿。蟾宮正開。就此進去（入玩科）（小生）仙子你看這秋光如水。玉宇無塵。爽徑扶踈移桂影。襲衣芬馥動天香。就在這里折了一枝去罷（生）仙君。説那里話。鄰林艷同。何如解語之花。金粟薰衣。怎比生香之玉。佳境須𣪍漸入。寶山豈可空歸。若是半途而返。只恐月殿丹花也笑人也。（緩步入科）（小旦淨）夫人外面有笑語之声。未審何人到此（旦貼）如此不免出迎

【懶畫眉】（旦貼迎科）伊誰緩步入清虚。花下趨迎影半迷。（見科）原来是仙郎幽興夜乘槎。相看自愛今宵遇。未許氷輪促望舒。

（證坐科）（小旦淨□前科）（小旦）仙郎。遊玩之間。心境若
何（小生）宮中風□□請奇遇別。令人塵心如濯。逸興
翩然真非玉霄之
上。未許有此樂也。

【前腔】（小生生合）輕風剪剪遶羅衣。滿院天芬一色奇。冊砧
搗處白鸞窺。坐來無限清幽致。銀栗涼生白玉肌。
（生旦私起科）（旦把生袂科）
張郎張郎。縱去年割袂呵

【前腔】（旦）瓊臺冰鏡久塵迷。簾捲銀鈎懶畫眉（生）我相
思無傍影娥池。傷秋宋玉情無已。唧唧寒蛩夜月時。

【前腔】（小生起向旦科）素娥何事怨清輝。（貼起向生科）羽客應嗟兩
地違。（合）卻緣從勝露沾衣。歡娱幾度秋光媚。惜對團

（白）話別離

（小生）夜色將闌，晨光欲燦，就此告別。（貼）少待。流霞梟烟折桂過來（小旦）淨折桂付旦，貼代生小生簪（科）

（尾）慇懃折桂贈東歸。雙鸞輕趁金風起。目送天香玄圃飛（別科）

小生　披雲月殿見嬋娟　貼　別去東南各一天

生　回首相看無限淚　旦　芙蓉枝上露涓涓

第二齣上　綺席聯盟　外扮裴廣志冠帶擁侍從

（瑞鶴仙）十載留金闕。歎夢魂夜夜故園風月。郎署二

毛新。況熊羆未叶。鄉心尤切。幾番回首。目極盡雲山萬折。且整鞭歸去。天涯薄宦。非吾願也。

(長相思)雲悠悠。水悠悠。目斷關山萬里秋。青天鴈影浮。方內游。方外游。堪憐世海與身舟。何時抵岸頭。俺自家唐太常博士裴廣志山西雲中人也。伏櫪郎曹。況舟宦海。職處卑貧。不易展禽之介。晚艱子息。尚虞伯道之嗟。況今國事久非。老軀日憊。進不能策勳彝鼎。退不能樂志山林。尸位素餐。亦大丈夫之羞也。且喜續娶夫人章氏懷孕數月。些已差人護送回家。下官不日亦當解組整鞭以旋故里。更聞姻弟校尉李遐壽。陞授飛騎將軍。奉命與驍將牛元翼北討叛賊王庭湊。已曾備有酒筵。差人請來話別。不知來否。

(淨扮李遐壽戎裝擁旗校上)

(寶鼎兒)符分虎竹。秋入幕府。風凄霜肅。思壯志蹉跎劍吼慨如今英風非舊。報道東籬花釀熟。又是別離時候。問千載河梁。繫馬孤亭。幾回折柳。

（外）旗校稟科 稟老爺已到裴府了（淨）通報（報入科 外迎入相揖坐科）（淨）蒙兄命召。有何見諭（外）今日之酌。不為別的。一則賢弟掛印北征。特此以壯軍容。一則劣兄掛冠西歸。藉此少舒行色（淨）如此却過情了（外）取酒過来 設席科（酌酒登席科）

錦堂月（淨）鴈惹新愁。鵑啼故樹。衰草萋萋。零露。握手樽前。萬種離懷輻輳。老兄此去 阿 惟願取天上石麟有如那降神申甫。（合）雙眉蹙。此去秋風鞍馬。穿雲凌岫。

（外）多承雅意。荆妻幸已懷孕。但恐老年得子。照管不逮了（淨）拙荆亦幸懷孕。異日兩家産下男女。當為匹配以繼姻婭。後事無足慮也。

（外取酒謝淨科）

【前腔】（外）德重山丘。情深魚水。千載金蘭誼篤。庾嶺梅苍。更得歲寒松竹。惟願取宗祊永賴。早得見芝蘭並茂（合前）

（報子上）稟老爺。軍馬俱已齊整。請即啟行。

（淨）如此。恕不得俟執鞭鐙了。就此告別。

【僥僥令】嘶馬咸陽暮。征車萬里遊。人生離別如風雨。倏忽西東兩判途

【前腔】（外）人世等蜉蝣。朝暮時光促。無何抵足重分手。把袂相看淚暗流。

十二時（拜別科）寒烟野艸迷歸路。聚散悲歡不[illegible][illegible]

年雞黍更綢繆

開樽烟雨帝城隅　夢斷川原旅魄孤

歸去可憐鴻鴈侶　夕陽古道野猿呼

第三齣上　叛兵侵境

丑戎裝扮王庭湊擁旗校

西江月（丑）久踞幽燕僻壤。何如錦繡長安。陣分雲鳥獨登壇。海宇終歸圖版。

神機泣鬼闢河動。英氣冲霄星斗寒。莫羨孫曹分鼎足。從來王業不偏安。自家兵馬使王庭湊是也。為因幽州兵士作亂，共推朱克融為留後。俺也承此聲勢。統兵殺了成德節度使田弘正。自稱留後

擾有藥地。且喜士卒歸心。金湯鞏固。退可以守。進可以戰。我想昔日安祿山吳元濟諸人。非不旁睨神器。終為弄草潢池。這都為規模狹小。謀畧粗疎。既貽天下之羞。卒為机上之肉。何足道哉。何足道哉。當今子儀不可復作。裴度久已解權。正好趂此破竹之勢。以圖定鼎之基。先取深州。再據長安。豈非萬全之謀。長勝之算乎。吽軍士。即去各營中宣召衆將来。（旗校傳宣科）（内扮二将上）

【生查子】霜凝劍戟新。雲暗旌旗繞。但聽帥帷宣。不鬪天子詔

（相拈科）請了。元帥有令。須索進見（入作戎禮科）（丑）衆將官聽俺號令（衆應科）（丑）俺令攻取深州。各整衣甲器械鮮明。擺開隊伍。發砲三声。一齊前進。不得有違（衆應科）（二將傳令士卒科）（吹號擂鼓科）（排隊行科）

北普天樂（丑）騎塵飛。狼煙動。聽金鼓連天震。排行伍。排行伍。雨集雲從。奮雷威。斗轉參横。呀。看鎗刀亂擁。三軍殺氣騰。共御枚疾走千里。〻〻天馬行空。

北朝天子（衆）累餱糧遠行。整干戈遠攻。換征衣自覺風凄凛。天青鴈隱。聽蕭〻馬鳴。路崎嶇如雲嶝。胡笳兒數聲。羌笛兒數聲。幾程幾程幾〻程。顧咲四乾坤吞併。洗甲兵天河净（並下）

水底魚兒（末扮牛元翼净扮李遐壽並戎裝擁衆上）提調天兵。分符出齊京。摧鋒挫鋭。一舉定功成。又（戎禮科）

〔末〕小將牛元翼。為叛賊庭湊入寇。奉朝命拜為鎮朔大將軍。統領副將李遐壽前往征討。昨有故人李愬。遺我玉帶寶劍。且道他先人以此劍立大功。他亦以此劍平蔡州。今以授我。顧為努力剿賊。〔嘆科〕正是忠君憂國心無已。刎頸分金誼獨深。儘令若不決一死戰。以圖報效。豈不忝竊唐室乎。叫衆將分付軍士們。排列部伍。不得錯亂。待登煙墩高處。望見黃塵起時。即便放砲為號。進兵衝戰。〔衆〕得令。〔傳令科〕

〔吹號行科〕

前腔〔衆〕狐兔縱橫。聲威壓帝京。望黃塵一起。即便與交鋒。又。

〔軍士禀〕前面便是煙墩了

〔末〕如此即便上去。〔登墩科〕

北普天樂〔丑上〕〔衆〕索長驅。中原境。遍閱歷山川勝。黃河水。黄河水。矢志澄清。氣昂〻虎步龍行。呀。看鎗刀亂擁。三軍殺氣騰。共啣枚疾走千里。〻〻天馬行空。（北朝天子）（衆）度孤烟遠村。望重關遠城。想攻城陷陣人逃遁。千家野哭。戰兢〻喪魂。俺這里播雄風。把神機運。探中軍幾人。料當鋒幾人。列營列營列〻營。怕誰行兵強將勇。好歹教來歸順。

（末下打話科）王庭湊。你這亡命之徒。叛國之賊。舊臂當車還不知死（丑）牛元翼俺天命已歸人心已順倒戈稽首饒你殘生（對陣戰科）（末净敗走下）（丑衆追下）（末净奔上）

（水底魚兒）賊勢驍雄。城池已被傾。望追兵四遍。無處可潛踪。又。
(淨)啓元帥。這前面便是紫金山。天險可恃。不如奔
上安營以待大兵援救。(末)如此即忙投奔。不得遲
疑。(行科)(末)豈知淺水龍遭戲(淨)且作深山虎負隅
(並下)(丑衆忙追上)
(前腔)天祚英雄。燕然好勒銘。燕婁亭上。齊唱凱歌聲。
齊唱凱歌聲。
(丑)牛元翼這廝。與俺交鋒敗走。追到此間。怎麼就
不見了(將校云)啓爺。帶了殘兵奔上紫金山去了
(丑)好了這廝。不免分付軍士圍住紫金山待他糧
盡兵亡。活活困死。有何不可。叫軍士。你們把數千
人馬。斷截此山要路。不得寬縱。惟有
境內人民逃生不在此論(衆應科)

城下深州一戰間　唐兵遁跡紫金山

從今把截咽喉路　莫遣沙場匹馬還

第四齣上羽駕臨凡　小淨副末扮將軍執瓜鎚

（詩）霜仗懸秋月。霓旌捲夜雲。嚴更千戶肅。清樂九天聞。吾乃玉皇前殿將軍是也。今值早朝時分。須索伺候。（小生扮糾儀上）

（北點絳唇）星映貂冠。霜明象簡。把車纓攬。曳珮天階。鵠立在通明殿

雲閣咏朝陽仙班秩。夕郎清塵輦轂道。曳佩珥貂行。寵就黃扉日。威廻白簡霜。擬宸鳴鳳鳥。金掌降瑤芳。禁靜鍾初徹。更殊漏更長。曉河低武庫。流火度文昌。寫直光輝重。秉秋藻翰揚。天顏常咫尺。奉對欲含香。下官乃上界糾儀仙官是也。出入玉宸。趨陪丹陛。因繩叔孫之禮。得近上聖之尊。猶恐

帝鄉迥陽。塵世罔聞。待下官畧述勝槩。以破管窺。
天維雖無紀極。樞紐筦于玉京。玉京有金城五座。
隱〻雲端。瑤榭千層。亭〻象外。峻極三十三霄。平
臨一十二樓。南北天門。洞達大千世界。巍峨秘闕。
週圍百萬。縱橫。天帝所居。有清都殿。紫微殿。碧霞
殿。通明殿。寥陽殿。曉日燐〻。羣仙所集。有蕊珠宮。
水晶宮。玉霄宮。蓬萊宮。廣寒宮。飛霞靄〻。奎壁星
躔。掌天下文章之府。雷霆火部。握天曹糾察之權。
三台北斗。各有司存。八部天龍。肅供奔走。銀河漸
没。漏箭催殘。非管非絃。聞鈞天之奏。曉如烟如霧。
望複道之行空。六龍輦下。朱旗閃灼。羽蓋淋漓。九
級階前。仙佩鏗鏘。雲輧至止。紫袖昭容。自是嫦娥
離月苑。黃裳黼黻。看來雲錦製天孫。寶鏡當臺懸
日月。洪鑪橐籥鑄乾坤。鵷鷺分行。嵩齡載祝。鳳儔
秘籙。神捧靈符。星漢昭回。天章錯落。正是翠羽旌
幢仙子隊。紫雲樓閣玉皇家。道猶未了。隨侍官早
上
（大淨扮竺天上帝丑扮玄天上帝上）

（前腔）聲細貂璫。光生黻冕。旌旗滿。玉輦追隨。長接着降魔劍。

（大淨）吾乃竺天上帝是也（丑）吾乃玄天上帝是也。玉皇升殿。在此侍班。（相招上班科）

點（絳唇）（外扮玉皇擁昭儀上）寶鏡高懸。閶浮普照。爐煙裊。瑞雲籠罩。露滴金盤峭。漏急銅壺。朝會彤庭早。瑯璈繞。諸曹來到。機務知多少。

（衆朝禮科）（外）九天閶闔開宮殿。萬國衣冠拜冕旒。月色淡搖仙掌動。香煙散傍袞龍浮。昨諫垣奏稱散仙張蕃航樓亂月宮。玉女樊雲英牽情瀛海。朕想仙分九品。果列三乘。蕃航骨力未堅。雲英芳心猶熾。若非轉劫遭磨難。怎得還虛任上真。已曾發兩道金牌到瀛海月宮宣召二人。想即來到也。

混江龍（生旦上）（生）香分月殿。跨鶴瀛洲得意還。怱驚符劵遥出天關。向層霄裡虎拜。瞻仰龍顏。（旦）未酬鳳侶。且列鵷班。似俺這惹恨牽愁丹桂苑。怎比得麁花流水赤城山。還思想。若道不如天上好。何緣二女猶自憶人間。

（朝見科）（外）張蕎航。你縱步寒宮。秖憐鸞鳳愁孤影。雲英。你飄香禁苑。不惜鵷鷯借一枝。未除凡念。怎列仙班。合歸下界。以肅清規。（生）既蒙恩旨。豈敢遲違。但臣聞山西雲中博士裴廣志。飛騎李遐壽。以姑表之親。訂兒女之約。臣願再世裴家。（旦）妾願重生李氏。（生旦）祈鑒下情。不勝瞻仰。（外）查你三世的因緣。尚該有再生配偶。但恐魚水情親。烟霞路遠非有保任。未可輕許。你二人且先往南天門。聽旨發落。(生)天若從人願。又結再生緣。(生旦下)(外)糾儀官。傳旨玉天一切仙真。有誰保任他去。保任他來。宣上金鑾。下生高宣科。)奉玉旨玉天一切仙真。令有散仙萼航。玉女雲英。謫貶塵寰。請旨化身雲中。有誰保任。請上金鑾。

(末扮清泠真人上)

(玩仙燈)掀髯長嘯出寥陽。飛舄處玉階仙仗。

(鞠躬入科)(糾儀唱禮科)高真劍舄登殿行謁見礼。進跪科)(外)凡屬高真。皆客星也。常礼便是。(末拜科)(外)看繡墩過来(末)天威咫尺。末仙不敢坐(外)坐下說話(坐科)(外)裴清泠。保任他去。有何所見。(末)末仙乃裴氏之祖。自從脫化以來。猶見雲中青霞靄靄。此乃神仙之符瑞也。況末仙孫女玄靜。夙適李家。脩真煉性。名已列在丹臺。神當即歸寥宇。以他日論之。即萼航之祖姑。而雲英之祖母也。兒女情関。阿婆心切。必能接引遐升。故敢保任。(外)如此。糾儀官傳旨着他去。(詩)歡得驪珠重照席。(末)鮮鈴還問繫鈴人。（並下）（生旦上）伺候已久。玉旨還不見下。（末）小生擁旌節上云）號。奉玉旨。欽依清泠真人保任。即發雲中轉㪍。望闕謝恩。（生旦謝恩起作礼科）（生）呀。原来就是髙真保任。多感多感（末）老夫乃裴氏之祖。故相保任。但儞子蚨去。幸勿負我惓惓之意。

【桂枝香】你前緣未了。再生願效。喜仙枝又屬孫苗。期他年信傳青鳥。（嘆科）只是一件。烟霞路遥。烟霞路遥。脩持難料。轉教我憂心悄悄。仙子。莫沉迷人世塵囂。早還丹上玉霄

【前腔】（小生）你是畫眉京兆。又做了鏡臺温嶠。須記取宿世根苗。莫辜負仙翁力保。倚鳳吹簫。倚鳳吹簫。並

淩雲表。永同歡笑。那時呵。蟾宮重耀。迓蓬瀛度紫霄。

（大迓鼓）（生旦合）迓迓下碧霄。白龍彩鳳。一任飄颻。何年拂袖歸員嶠。此日相看度鵲橋。雲中一望。紫氣初高。

（生）小生就此拜別。（末）小生再容少送。

（尾聲）慇懃相送離閶闔。豹借烟雲換羽毛。竚望着化鶴歸来王子喬。

（末）小生別下（旦）振袖驚（科）呀月中玉杵臼還在袖裡。待我轉去。（生）玉旨已降。怎麼還轉去得。不如就帶去贈了李家。也當得前生媒証。

天門行漸遠　振袖動瓊瑤
桂子月中落　天香雲外飄

第五齣　遐壽逃歸

净扮李遐壽上

【縷縷金】遭危困。自銷魂。糧餉今將盡。怎偷生。關塞歸鴻度。空勞寄恨。望蒼天拜禱。解圍兵。何時到邊境。

俺自同牛元帥出討庭湊反被圍困。如今內乏粮草。外無救兵。怎生是好。我想起來。做一箇縮頭的烏龜到不如做一箇脫殼的金蟬。那日奔上山來。有許多農夫樵子驚怕而走。遺下些衣帽在此。不免穿將起來。裝作鄉民模樣。趁此清風明月。逃出深州。有何不可。（換衣科）鎧甲雖然拋去。這印綬上的紫金魚兒怎麼捨得。不免帶了回家。（解魚藏科）（行科）

（前腔）穿巉岫。度荊榛。虎穴淒風動。轉心驚。啼月猿聲
慘。空山相應。歎泉危石險少人踪。索掙逃亡命。
且喜出了山徑。轉下平坡。不免趲行則箇。
（內作三更巡警聲科）（淨驚懼科）
（前腔）聞譙鼓。已三更。鈴柝聲交警。戒人行。狹路如相
遇。怎生逃遁。且潛踪關下待雞鳴。須教不盤問
（淨旁躲科）（丑小淨扮巡邏軍上）（小淨）鳴金防暮夜。
（丑）擊柝守重關。（小淨）夥計適纔聽得有人說話。怎
麼就不見了。分明是箇奸細我們抖擻精神拿去
請功。（丑）正是正是。想他躲在荒草裡面。待我四邊
撈一撈看。（尋撈科）（淨）天色寒冷。肚中疼痛起來不
免在此出恭。（淨作撒屎科）此處出了恭。便覺有些
氣息。再躲遠些。有何不可。（淨遠躲科）（丑空撈着屎
科）噯。呀。人到撈不着。撈着一堆熱狗屎。是我吃虧

了。說不得。也要要他受些臭氣（丑叫科）䝼計々々（丑）々（小淨）他這等吽。分明拿着奸細了。待我去分功（丑）你還不來、功是我的了（小淨）這等急性人在那里。待我取出繩子拴了帶去（丑）人到在此草裡。只是一箇醉漢。推不起来（小淨）什麽打緊。待我下手（撈空科）䝼計。草裡那見有人。（丑）撈得遠些（小淨）再撈空科）還不見（丑）撈下地些麽（小淨撈着屎科）呼當真是箇醉漢。地上吐出許多東西。待我且嗅々看（嗅吐科）噯呀。原来是一堆臭屎。好䝼計。好䝼計。哄得我忍臭氣。了不得々々々（丑）俺那里哄俺到真你說同心話哩。（小淨怒科）那里有這等同心。（丑笑科）自古道淂好。同心之言。其臭如俺。（小淨回笑科）也罷。這漢子料去不遠。還要四下尋搜一回（搜拿着科）（丑）狗才你到躲得好。我們費了許多力氣。快把繩子綁將起来。帶去請功。（淨）我是鄉民出関的。来到天色尚早在此少驟等候。求長官方便（丑小淨）方便方便。我們一箇人當了一過。這是决不放你了（淨背語科）這是怎麽處（想科）我身上還帶有

紫綬上的金魚。不免假作沙塲中拾得的。奉上與
他。倘或得脫。亦未可知。（向丑小浄云）長官。衙門中
好脩行。還㨂放了小子罷（丑小浄）我們做軍牢的
有錯拿。無空放。快跟我去（牽浄行科）（浄）長官既不
肯空放。小子從戰塲上過到拾得一箇金魚。就奉
與長官買酒何如（浄遞魚科）（小浄接魚云）彀計。夲
不該放他。只看這魚兒分上饒他去罷（丑）魚兒雖
好。只那塲臭氣沒處消得。還要他喫了去纔是（小
浄）彀計。也罷。這件東西也贖得那堆屎了自古道
得好。直哉史魚。放了他去。（放科）（小浄）好放手時須
放手（丑）得饒人處且饒人（下）
（浄吊塲行嘆科）我今得脫此困呵
（前腔）似函谷孟嘗君。幸出豺狼境。得逃生。回首滦州
地御天長恨。顧天朝神武退重圍。增輝紫金勝
孤雁瀟瀟歸路賒　故鄉日暮望天涯

敗兵縱負干城寄　迗轍無勞少婦嗟

第六齣雲英入夢　老旦道服扮玄靜副末扮
趙夫人丑扮侍婢夔春上

臨江仙（老旦）寒蛩經夜語。捲簾月照窻虛（副末）秋來鴈足幾行書。嘆沙場征戍。何日解銅魚。

常礼科（老旦）遊子燕都去（副末）深秋臥鐵衣（老旦）倚門終日望（副末）思傍塞雲飛（老旦）老身李言之妻裴玄靜是也。子李遐壽。官授飛騎將軍。近奉朝命出征河朔。先送老身與媳婦趙氏家來。老身在家出家。團蒲煉性。不覺秋光入暮。遊子未還。邊塞苦寒。怎生是好。媳婦。你可在此整備寒衣。乘便寄去軍中。我入玄關坐去（副末應科）（老旦下）（副末弔場）春取衣服針線過來（丑應取衣上）（副末整衣嘆云）長安一片月。萬戶擣衣聲。秋風吹不盡。摠是玉關情。

【傍粧臺】隻鴈唳霜天。征衣未寄。寒已到君邊。從別後

雙眉斂。孤枕上。夢魂牽　我夫呵　萬里橫戈難勝筭絕

塞烽煙迥自憐。停針悵望。珠淚潛然。怕對空林暮景

懸

呀。自懷孕以來。神思困倦得緊。且自少息片晌

（副末懸几睡科）（丑諢下）

【臨江仙】（旦上）曉烟迷桂苑。霓裳曲罷鈞天。仙郎再世

續良緣。似巫山神女。攜雨楚襄前

（旦）此處便是李家。不免就入投產。呀。這老娘正自

熟睡。待我將月中玉杵臼贈了伊家。囑以前緣。有

何不可（誦詩科）妾本蟾宮女。題紅出御溝。慇懃投

玉杵。頓結舊鸞儔（下）　（淨作寤落狀上）

（好事近）敗績在幽燕。自憐運際屯邅。倖逃殘喘度餘年。歎見江東無面。自家星夜逃回。来到家門。更闌人静。不免叩門則箇（敲門科）副末驚起科（絳黃龍）（副末）驚疑。分明是夢斷驚啼。魂繞陽臺。又逢神女。（净）開門開門（副末）原来是誰叩紫扉。（開門見科）（净）是我（副末）為甚夜返紫扉。行李蕭然。貂裘已敝。（相礼科）（净）不幸敗兵逃回。以故如此。夫人。你懷孕已久。可曾産下孩兒否。（副末）休題桑弧蓬矢。料他時應見門楣喜氣。（净）這等說。想是有甚夢兆（副末）奴家恰纔整衣睡去。夢一女子。自称是月中仙女。結有再世良缘。令来我家脫生。且将玉杵臼贈我。這等叅詳起来。必竟是箇女孕（净）說那里話。這還是乱夢（副末）

非因是傷秋怨別思亂神飛

(老旦上)聞得堂前喧語。想是兒子回来(淨見礼科)(老旦)我兒為何寥落之甚(淨)孩兒敗績家来。故此神色非舊(老旦)人臣事君之節。有死無貳。兵敗逃回。豈得為人臣子乎(淨慚赧科)副末作腹痛科(老旦)想是要分娩了(扶下)

(老旦抱女淨捧玉杵臼上)

(醉太平)(老旦)堪奇。西樓夢月。見先生玉杵。秀奪瑤池。開顏微笑蟾宫女。伊當善視。當時鳳盟兩下。恁睽違鸞鳳交。赤繩先繫。想屏開畫雀。應見那温嶠玉鏡偕老乘箕

(淨)依老娘說来。這女兒他日當為命婦了(老旦)我兒。你老娘冥神靜定。頗能窺見天机。依這夢中奇

瑞。此女異日必不止于命婦。如今就名喚曉雲。以寫夢中之意。

（浣溪沙）我想他倚白鸞。簪丹桂。舞霓裳。玉骨冰肌。雖然再世效于飛。冰輪終自凌霄去。記取瓊樓搗藥時方知平步冊梯

（尾聲）須知瓜葛良緣締。此日裡萱堂衍慶餘。從此後山盟切莫違。

（老旦）我兒。這玉杵臼。乃是月中之寶。雖有緩急。不可鬻賣。以干天罰。（淨）孩兒棄官空回。環堵蕭然。老娘若要留了這副玉杵。教孩兒怎麼區處。（老旦）休得胡言

萱幃久寂寞　皓首見孫枝

明月投懷夜　曉雲弄瓦時

第七齣　懸弧家廟　外扮裴廣志貼扮章夫人抱嬰孩仝梅香院子上

【畨卜筭】【外】長庚入夢時，英物維嵩降，欝葱佳氣夜充閭，掌上明珠晃。

【前腔】【貼】齊眉舉案時，已值君班首。投懷玉燕未為遲，猶幸天相祐。

【常礼科】【貼】相公，妾想近日夢兆，這孩兒生得非偶。【外】夫人，怎的見得？【貼】妾身將分娩時，夢一神人乘白龍自空而下，明對我說，他是瀛洲仙子張蕎航，令來我家化身，如今果然產下孩兒，十分奇秀，以此見得非偶。【外喜科】我在京中，已曾與李叔〻指腹為婚，聞得他家先已產下女兒，又像是天定奇

玉杵記卷上

廿三

緣（貼）如此更好。相公。子生三日。礼當命名告廟。祭儀俱已齊整。請相公命名（外）夫人。照依夢中之事。命名裴航何如（貼）如此恰好。梅香院子擡祭品過來（擺祭品科）（告廟科）維大唐長慶元年季冬月甲子之吉。祀孫廣志。誕子裴航。敢昭告于祖先之靈神其默相。以亢厥宗。謹告（徹祭科）（貼）相公喜得寧馨。家門有幸。已曾備有酒筵與相公稱慶（外）如此擺列過來（把酒登席科）

【并州歌】（外）樽開綺筵。看堂分緑野梅蕋新妍芝秀蘭芳。鵲噪彩雲深畔。他年鶴髮萊衣舞。此日燕山竇桂先。懸弧矢。洗金錢。龍顱鳳骨自天然。探合浦。種藍田。為擬于門駟馬旋

【前腔】（貼）枯楊一葉鮮。喜白龍脫化。蚌珠宮殿。庭軒清

晚。正堪鸚鵡觴傳。日符甲子先天瑞。氣復陽和長慶年。開畫錦。奏鈞天。日高花影遶闌干。娱白髮照朱顏。長教寸草答椿萱。

相公。李家既生一女。何不央媒議聘。（外）我與李叔叔昔已聯盟。必不爽約。待至男女長大。然後納聘。未為遲也。

外　夜報階庭玉樹生　朝来喜鵲噪朱楹

貼　君家晚得驪珠子　猶入堯天四十春

第八齣　鸞杵虢州

【西地錦】（淨上）自昔綜兵禁衛。坊名四首成灰。牀頭金

卞家奇巧玉器

盡家徒壁。可嘆窮途阮籍

邇壽敗績家食以來。十分淡薄。昨聞鄜州卞老家開肆收買玉器。家中所存只有我女孩兒那副玉杵臼。如今也只得背了母親。攜來鬻賣。遠遠望見前面便是鄜州城郭。不免趲行幾步

【玉芙蓉】家貧氣未衰身老心猶烈。恨年來歷盡寒酸滋味。假途晉璧當年事。自鬻秦州百里奚。還羞恥。謾趦趄緩步。如焚巢歸鳥。似涸轍窮魚。

此處便是卞家門首。不免進去(叫科)卞老官在家麼(末扮卞老上)生平甘市隱。貨殖與高遊。卞璞吾家事。連城莫暗投(相見科)(末)客官遠來。有甚寶貨。(淨)老夫攜有一副玉杵臼(末)如此敢借一看(取出看科)(末)這玉質雖高。却是一家貨。不值甚的。不知要多少價錢(淨)老夫實不相欺。此物置之席中。夜

光如畫。非得千金不售（末）這等就請回。小店從來也不曾見人開這等大口（净）瞞天説價。就地還錢。你就還我少些。也不以為怪。怎麼就叫請回（末）老老實〻〻一百兩銀子（净）罷〻〻。正是將金博寶。先言者賤。就賣與你罷（末）叫家僮。取一百兩銀子過来（取銀付科）（净收銀別科）（末下）（净行嘆科）想我這般狼俱呵

【前腔】瓔瑶杵謗投。不及千金售。惜半生富貴渾如朝露。正是時来荆璞歆生輝。運去卞和三刖足。尋歸路。向夕陽深處。見寒鴻孤影。猶共白雲浮。

天色漸晚。遠望前村燈火。不免投宿則箇。

雲水魂千里　關山影一身

怪禽啼曠野　　落日怨行人

第九齣　瓜葛締姻

念奴嬌（老旦）朱顏皓髮。每心游瓊苑。神注氷壺（淨）何日天香飄桂子。自憐玉樹蕭疎。孔雀屏開。金猊煙馥又值求婚媾（副末）結褵連理。夙世姻緣非偶。

（常礼科）（老旦）我兒。昨日你外家着媒來說親事。今日定來納聘。可准備香案伺候。（淨）孩兒〻有分曉

（外擁聘礼鼓樂上）

出隊子　鶯儔燕侶。鶯儔燕侶。喜得青蘿附兎絲。庭前紅紫弄芳菲。臺上吹簫雙鳳栖。舊誼未寒。良緣又締。

（通報迎入科）（副末下）（外）姑娘在上。容姪兒下拜（老旦）常礼便是（外拜云）小姪久沉宦海。有失問安。喜姑娘霜鬢鶴姿。信大藥能駐顏也可賀〻〻（老旦）老身景薄西山。所謂深秋萱草耳且喜姪兒飄然解組坐嘯林丘可敬〻〻（外淨相拜科）（外）昔叨綺席之盟。允續玉臺之好。自知薄陋無任赧顏（淨）昔為甥舅之國。今為兒女之親。兩屬名門。實為素願（外納聘礼科）（淨）此却過盛了（送庚帖科）叫院子安排酒筵過來（外）賀客盈門不勞留飲（作別科）（老旦）席上題紅句（外）花間度好音（淨）他年迎百輛（衆）鴛帶結同心（老旦淨下）

（外擁衆行科）

【前腔】笙簧並奏。笙簧並奏。關〻河畔喚雎鳩。他年琴瑟韻悠〻。此日良姻締結初。占鳳乘龍。天長地久

（院子忙上）天有不測風雲。人有旦夕禍福。稟老爺得知。夫人偶中瘋痰去世了（外哭倒衆扶科）

結蘿千里約　炊臼百年悲
此夜深閨裡　凄涼有夢知

第十齣　風雷普化

臨江仙（老旦）殘雪明深院。恍疑身在瑶天。祥光照座月初圓。喜丹成九轉。金鼎淨無煙

笛吹無孔琵無絃。靜裡神游太極先。丹藥不須分内外。乾坤煉就一珠圓。

老身礼仙學道。日久功深。自覺行滿丹成。昨夜子時金童玉女捧誥券符珮。迓我。今夜子時尸解登仙。本欲將我平生所得丹訣傳與一家。使得同升。柰我兒子不肯。媳婦不賢。皆非載道之器。只有孫女曉雲。年紀雖小。却是夙有根基。不免喚他出來。語以道妙。有何不可

叫云（旦扮李曉雲女上）

前腔 瑞爐煙縷篆。晚来半控珠簾。忽聞簾外一聲喧

且輕移蓮步。針繡暫停拈

常礼科 旦 奶〻有何分付 老旦 今乃夜闌人静。月朗風清。喚你出来。坐話片時 坐科 老旦 我兒。你與我日每同餐。夜每同寢。可曉得我道体若何 旦 孫女雖未深知。但見奶〻參玄入定。通乎晝夜。却不鮮此中境界何如

老旦 聽我道来

梁州序 那十洲三島。玉虚宫殿。隔斷東洋水弱。迎望海。當年雲水情遥。暗想槎乘日月。壺注乾坤。不知曾否傳青鳥。長年和三老。傍洪濤。彼岍雲航不易遭頻嘆息。還長嘯。丹丘未許紅塵到。指歸路白雲高

（旦）怎麼就得到那仙境

前腔（老旦）黃芽白雪。身中至寶。配坎離結成丹果。聱霞服日。從看洗髓伐毛。說甚嬰兒姹女。木母金公。自然羽化朝元闕。身輕蓬海近。定風波。千年王母赴蟠桃。栢長青。松不老。朝朝暮暮。隨鸞鶴。犯牛斗渡銀河

（旦）起謝教科

節節高（旦）聞言拔塞茅。剷沉痾。須臾月朗遮雲[illegible]

坐下（旦）坐科

盤桓坐。却睡魔。傳清課。紅鑪雪點[illegible]噴吐渾如玉屑霏。[illegible]撣欻動天花落

奶〻這般大道何不教道孫女脩了（老旦）你年尚幼。閒花方可結菓。怎麼就脩得道。但能長存此念足矣

【前腔】（旦）奶〻光陰去似梭。恐虛過。從今夢裡尋真覺。塵心濯。換綺羅。高香閣清晨良夜冥神坐。縱然凡骨落人間。終教靈氣歸寥廓

（老旦）此念雖好。只怕你爹娘不肯相容（旦）自有奶奶在上（老旦）我兒。有一件事本待不對你說。說到這里。又忍不住了。我今夜子時將尸解昇天。故此喚你出來面命一番。以盡骨肉之念。你爹娘是不孝的子媳。我也不對他說。我兒。子時已近。我元神舊化。當有風雷。須要迴避（旦哭科）奶〻怎麼就捨得我去（老旦）我雖則去。與你還有相會的時候。不須啼哭（內作雷聲科）（老旦）嬌兒。雷聲已動。你快回

去（旦扯哭科）奶奶教我怎生割捨（雷声息科）（老旦）就依你說不去也罷。我身上寒冷得緊。可快取衲衣来（旦）既然不去。待我取来（下）（内作雷聲扮雷公電母舞上即下）（扮玉女金童執旌幢上跪科）請娘娘即登雲輦（老旦起云）頃刻元神雷奮處。百年仙骨化清風（忙下）（旦慌上）呀。霎時雷轟電掣。天昏地暗（忙叫科）奶奶奶奶（哭科）怎的就不見了。天呵

（尾聲）一聲普化雷霆播。滿室烟霞罩荔蘿。相逢從此托槐柯

第十一齣　裴叟托孫

生扮裴航髻髮上

（霜天曉角）用鵬程萬里。每切風雲志。家苦斑衣未舞。疎林難掛斜暉

【長相思】烟滿簾。雨滿簾。辭秋萱草自堪憐。憾已抱終天。○聽啼猿。夢啼猿。謗擬靈椿傲八千。能得保餘年　念裴航生年十四。逢此百罹。慈母久不倚閭。嚴君又將易簀。已曾着人迎我岳丈。將我托付與他。這早還不見来。且自煎起湯藥。多少是好【煎藥科】

【犯胡兵】猶憶寒烏嗟失母。經年啼故樹。那堪橋木重凋。可憐見幼與孫。渾如喪家狗。天呵。除非是盧扁再生時方總可救

湯藥已熟。不免扶爹爹起来【扶外病体上科】

【霜天曉角】【外】膏肓二竪料應難調劑。只慮一朝身死。誰憐念趙孤兒

(生)爹爹為何說此不吉的話(外)兒我昨晚夢見兩
箇鬼使。道是東岳所差。召我到冥司典知侍錄簿。
猶未了又夢見你母親在傍。料是陽壽已終。難保
旦暮矣。我死也不足惜。只慮你父母蚤亡。聽你兩
失靠何靠何(哀嘆科)(生)爹爹原為母親棄[illegible]。又[illegible]
成疾。故恍惚如在左右。即東岳之召。亦是[illegible]作夢
想不必介意(外)你岳父為何還不見到(生)爹
爹且自吞藥。少不得就到(生)進藥外喫吐科

(香遍滿)(生)你萬千愁緒。堆積在襟懷。無控訴。因此上
服了吞還吐(背哭科)歎死生頃刻。一似風中燭[illegible]教我怎
生割捨得你(生)原來伊哽咽。都只為兒孤苦

(淨扮院子上)情關休戚處。緩急事相依(通報生迎
入科)(叙禮科)(淨)日來尊体若何(外)十分沉重。[illegible]
今日請你來。不為別的。只慮劣兒亡後。幼子無[illegible]
特將後事相托。幸善視之。死瞑目矣(外拜跌科)

青歌兒【外】我孩兒車轍相依倚。我共伊親誼如唇齒。須念取掛劍報徐君。延陵吳季子。天呵【合】愁只愁蚕撇下豚犬兒。恨只恨蚕喪却糟糠婦。

【淨】老兄不必過慮後事都在小弟

前腔【外】兒我一顧你青雲遂志。二顧你情諧琴瑟。三顧你百年来雲仍相繼。鶴髮童顏雙皓齒。狐丘千載承禋祀【合前】

羅帳裡坐【外】賢弟我衷腸千萬。你心自知。欲見交情。一生一死。頻相囑把兒曹扶植。若不念管鮑稿騅。也

須看情鬬兒女

兒。我去世之後。你可事叔〻嬸〻如爹媽一般。凡有教誨。務宜聽受。倘能成立。使我九泉之下亦得瞑目（哭倒扶起科）

净 托子情何慘　外 扶孤義最長

生 遺言今在耳　衆 故約久難忘

第十二齣　西崑叅聖　旦扮西王母擁二玉女二金童執霓旌羽扇捧璠尨圭璧二仙監執提炉上

（少年遊）（旦）星拱玄臺。雲扶翠輦。秘闕隱層霄。露湛瑤堦。風迴閬苑。春色藹蟠桃

（旦坐衆朝礼科）（旦）乾坤淑氣縣西華。造化功成九轉砂崑圃秘宮。端拱處羣仙稽首望青霞。耿乃無上聖真西王母是也。陶鑄陰陽範圍天地。端居九昊。朝拱羣仙。今值曙色輝煌。雲璈雜奏。想有仙曹朝見也

（老旦擁金童玉女旌幢行上）

（清江引）紅塵蟬脫清風表。振袖卿雲繞。由來性命脩自得形神妙。望瑶天。拱龜臺。深拜禱

（老旦鞠躬端簡入朝科）聖壽無量聖壽無量

（仙監云）仙姬生平脩持因果一一奏來

（啄木兒）（老旦）脩功行。滿大千。晨夕香焚鼎篆烟。長稽首上界高真。兼坎離煮汞烹鉛。先天真炁從吞嚥。綿〻胎息元神斂。因此上普化春雷謁聖前

（旦）聆鑒仙氣所鍾。莫如雲郡。且問仙卿化後。有誰可繼芳塵。（老旦）娘娘容妾奏來

【前腔】有裴家子。美少年。舊是東瀛謫世儔。更孫女譜闋雲娥。屬前生帶綰雙鴛。年来運刼應遭蹇。已知遠理中分散。娘娘。只恐怕玉碎珠焚不兩全

【簇玉林】（旦）聽伊言。凄風動几筵。這姻緣當保全。人間儔侶天應眷。慈雲倏忽彌空現。憫顛連。須教青鳥好音傳

仙卿。攜爾倚持。合列三天之品。茲即秩為九華真妃。爾姪裴航。孫女曉雲。異日當命鐵拐真人。雲翹仙嬪。同去接引。（老旦）叩首謝恩科（旦）宣侍嬪。即引裴真妃同去瑤池飲宴。退班

旦蒼龍岅日借甘霖　老旦更沐瑤池寵渥深

衆漢武承華連紫氣　穆王薦璧托青禽

第十三齣　東嶽分曹

外冠帶擁鬼從上

【太常引】生前身絆宦途勞。陰府又分曹。幼子苦輕拋

荊人未否相遭

外坐衆參科　自家裴廣志是也。從托孤亡化來此。昨蒙嶽帝鑒我生前居官清正。授以典簿之職。今乃到任之初。閑暇無事。不免閱歷酆都境內。潛訪夫人消息。倘得夫婦重逢。豈不是好。分付鬼使科

外歎圖夫婦重逢處　衆只在酆都遍閱中　並下

貼旦上　老旦扮侍嫗隨上

【前腔】誰云泉路得逍遙。遺憾幾曾消。夫子兩分拋。可

憐舉目蕭條

奴家乃章氏夫人是也。自從棄世以來蒙碧霞元君。念我生前無罪。寄養逍遥院中。終日思夫憶子寸腸百結。不免且登望鄉臺上。散悶片時（行科）行行穿小徑。已近前高頭（老旦云）夫人就此請上（貼旦老旦登臺科）（外暗上云）遠遠望見兩箇婦人踊踊而行。同登望鄉臺上。不免悄聲聽他說什麼来（貼倚臺望鄉嘆哭科）我的相公呵

（四塊玉）憶當初同歡笑。從妾死誰偕老我的兒呵昔日箇鞠哺劬勞。到今來零丁誰弔（嘆科）未曾舉目眉先鎖拭淚吞聲神思渺（老旦）夫人遠望故鄉。為何反生懊惱（貼唱）翠巍巍層疊山高，白茫茫縈廻川遠。恨沉沉煙霧昏淆

（外）這婦人如怨如慕。且泣且訴。都表夫婦兒女之情。令人不覺倍增傷感。

【大聖樂】叨叨聞言懊惱。料應他夫老兒嬌。中年莫奈無常到。倩誰把悶魂招。強登臺。隔斷道里迢遙。天涯雲暗杳。堪憐倚檻空高眺。秖倍增一天愁知多少

【傾杯序】（貼）想着歌鼓盆。衰病老。容貌應枯槁。謾手抱孤孩。情摧糠婦。撫棺慟慟。有誰知道。把君年屈指。酉山景薄。桑榆難保。不由人不慮伊撇下這根苗。

【玉芙蓉】（外）他慈烏恨怎消。比翼情盈抱。惜分飛畫梁乳燕蕭蕭。臺前人泣求凰調。臺上如吹引鳳簫。黃泉

路。望鄉處。多應是女牛橋。索袪衣直上碧林臯

（外）登臺相見驚科）呀原来就是夫人（貼）呀相公怎麼到此（相抱哭拜科）

山桃紅）誤入了桃源嶠。天假我機緣巧。團圞皓月遥相照（外）芳容不似當年少（貼）愁顏今夕初開笑相公孩兒

近日何如（外）老夫沒時已曾將他托付岳家（貼）兒女念。教我輾轉神劳

尾聲）（合）生死別總難逃。此日裡悲歡離合。且喜鵲鴒寄鵲巢

（外）老夫已授冥官。請夫人即同赴任

望鄉臺上望悠悠　火宅邊卷再並頭

更擬兒書歡會日　九天鸞鶴共仙游

第十四齣　清泠講道　末扮清泠真人上

【新水令】騎鸞曉出蕋珠宮。指閶浮幾多昏夢。掀髯烟島日。長嘯海天風。回首雲中。回首雲中。愁見那纍二新塚。

度關授訣青牛老。進履傳書黃石公。且自拂衣離蕋殿。回頭已見白雲封。末 仙乃裴航高祖清泠真人是也。昔叨作記玉樓。今歸吟華表。每念玄孫鳳為仙子。因遺父変。寄食岳家。今他與盧顥同學。值此春色明媚。料必尋芳到此。不免趺坐百花亭上題詩一首。待他來看。將言語引他向道。有何不可。（題詩云）獨坐孤亭上。長看採蜜蜂。春光應有限。何事戀芳叢。（坐科）小生扮盧顥仝生上唱

步步嬌　春日遲遲。步入烟花隴。溪樹鶯梭弄。芳塵逐暖風。沽酒園林。遥聽笙簧送。穿雲度草亭。見老翁趺坐渾無動。

（生）盧大哥。你看那道人坐處。有詩一首（誦詩科）呼這詩到有些道氣。想就是這道人題的（小生）待我問他（問云）師父。這石上絕句。可是大筆題的麼（末）是貧道口占的（生）且問師父。原是那方人氏（末）聽我道来

折桂令　海天鄉。水畫山窮。團蒲坐處。白石蒼松。饑渴時黄精為飯。露吸芙蓉。（生）原為什麼事出家（末）怕的是醉紅裙妖狸勾引。懶的是逐神錢日事貪嗔。因此上邁迹崆

峒。靜攝崆峒傳得來。壺裡丹金

（小生）兄弟。你看這師父呵

【江兒水】風雲雙劍表世界一壺中。丹爐龍虎燒鉛汞目瞑時形槁心灰。神遊處四溟八洞。分明是緱山子晉野鶴閒雲。晨昏環拱

（生）既是如此。何不問道于他（小生）正是正是。不可當面錯過（向末云）老師父我們可脩得道麼（末）你們出入醉鄉偎紅倚翠。好不快活。脩什麼道

【鴈兒落】（生小生合）誰想着沉醉杏花村。誰想着雲雨巫山夢（末）雖然忘情花酒柰堆金積玉。少年豪氣終難擺脫（生小生唱）說什麼園開金谷

春。說什麼見獵心猶猛（末）還有那玉堂金馬鳳閣龍樓。好不榮華的光景。怎麼就捨得丟了（生小生唱）怎將那泥塗軒冕汚靈境怎將那巢由蘿薜易簪纓（末）富貴既然不重。還有功銘彝鼎。心照汗青。此亦大丈夫之願也（生小生唱）却不道帝京飛舄神仙令。却不道垂釣桐江嚴子陵（末）雖則有意擺脫。只是藥醫不死病。佛化有緣人。不知你緣法何如（生小生唱）說什麼緣與因。心長在清虛境（末）二公根器。皆可入道。但屬少年。宿因未了。若能游神方外。决不終於凡品也（僥僥令）蓬島原無住員嶠合有津若非宿世良緣訂怎肯把金針度與人（又）

（末飄然去科）

（生小生唱）

妝江南 呀蚤知道方外逢仙呵。誰待要戀樊籠。到不如千里辭家訪赤松。丹成莊列共乘風。憶亂鬚老翁。憶亂鬚老翁。又未知何年圯上更相逢。

園林好 眄天際。緲緲征雲。倚孤亭。空對啼鶯。洞口落花流水回首不勝情（又）

沽美酒 （生）盧大哥 我與你呵 少年場。須蚤醒。方外地。結仙盟。便名成衣紫與腰金。難免骨如銀。求辟穀。學長生煉就了金丹九品。叅禮着玉界三清。轉堪憐人世營營。怕

光陰不相待等。我呵雲心水心。怎肯逐蝸角虛名。蠅頭餘潤

〔小生〕賢弟自古道。覺地雖淨當境成迷，也難一刀兩斷

〔尾聲〕〔生〕俺鷄肋世味都嘗盡風月襟懷自此深。從今呵惟捧誦黃庭一卷經

〔小生〕兄弟天色已晚且自歸去

落日逢仙叟　無能執化袪

共君一夜話　勝讀十年書

第十五齣　稱觴晝錦

副末扮趙夫人　旦扮曉雲　丑扮晏春上

【生查子】（副末）融和二月天。桃李開春宴。海屋喜籌添。南極星方現

【前腔】（旦）曉起理新妝。玳梁棲紫燕。紅日映華筵。寶鴨煙初篆

（常礼科）（副末）紅日曉含東海霧。紫雲春擁北山萊。（旦）令辰誰放東方朔。惟有桃花映面開。（副末）兒。今日乃是你爹爹壽旦。本該着人請裴奇哥哥來稱觴。柰他近好求仙訪道。不事家人生業。不中你爹爹的意。以此心下躊躇。尚未着人去請（丑）夫人。老爹爹壽旦。親戚鄰里且來慶賀。況裴官人半子之親。又在我家讀書。不請他來。何以成礼。俗語道得好。丈母見女婿。勝如見皇帝。若到老爹爹跟前。只要夫人廻護些便是（副末）如此你到書房中請來（丑下）

（生仝丑上）

(夜游潮)燈藏紙帳流蘇暖。夢驚回。青草池塘。鳥語長春人增鶴筭。歆效南飛曲獻

(入科)孀母拜揖(副末)孩兒近前見礼(生旦相礼科)
(生背云)呀。這小姐天姿國色。渾如月殿嫦娟(旦背
云)呀裴公子龍姿鳳表。不減玉天仙子(副末向生
云)我兒。可請你叔父出来稱觴(生請科)叔父有請

(前腔)(淨上)海嶽東風開壽域。嘆老来倚樹無枝。座滿笙歌。門多朱履。那得廐中騏驥

(常礼科)(生)今值叔父華誕。特請拜祝(淨)過礼了
(生祭酒云)樂只君子。萬壽無期(把酒科)

(泣顏囬)絲管謌朱樓。花梢日映金甌。華封三祝頤期頤長如柳嫩花柔顏酡鬢綠。料當年應佩長生籙(合)

圖范蠡扁舟五湖。會同甲九老東都

前腔〔旦把酒科〕歲月任優游。人間自有丹丘。春光可掬。杯傾竹葉香浮南山比壽長看取八千椿茂〔合前〕

僥二令〔淨〕勲名老自羞。少壯力當努青春那得長相續。兔走烏飛不暫畱

裴航。你自三年以来。朝出暮歸。不儒不賈異日壚吾家者必子也。昔人有言。記得少年騎竹馬剗二又是白頭翁。今不改圖。後悔無及矣

十二時光陰如箭將人促。懶尋芳對苍秉燭。捲簾月已上金鈎

净 時培椿樹千尋碧　副末 日醉蟠尭幾度紅

生 長向唫樓頻仰望　壽山高出海雲中

第十六齣　寫怨南園

（似娘兒）（旦丑）上（旦）庭院日深沉。又不覺春色平分。花移斜影。鳥驚殘夢。幾度傷情

陌上草薰天一色。簾前風轉燕雙飛。只愁欲畫巻経雨。囑付春光且莫歸。自從裴郎訪道以来。俺爹娘十分嗔怒。屡有悔婚之念。正是毋也天只不諒人只。靜言思之。不能奮飛（丑）小姐。你自見了裴官人。終朝悶悶。何不向花園中消遣一回（行科）

（如夢令）門外綠陰千頃。兩兩黃鸝相應。睡起不勝情

行到百花深徑。人靜人靜。風弄一枝殘影

内作鳥声科 丑 小姐。那遠樹鷓鴣声啼得好也 旦 錦翅班〻似雉鷄。黄陵多有此間稀。深藏翠竹啼殘月。遥聽踈林喚落暉

二犯朝天子 遙聽踈林喚落暉。作對穿梭戲。傍苍枝。年〻疑自鳳城歸。唱宫詞。只見秦人傚曲。越女描衣。也堪比錦雉朝飛。恨被晚烟迷。恨被晚烟迷

如夢令 石砌緑茵鋪展。花壓畫欄撩亂。回首玉釵横早已落英無限。腸斷腸斷。人共楚天俱遠

丑 小姐。你看那池畔鴛鴦好不愛人哩 旦 池上相隨不暫離。藏頭苍渚睡多宜。泥融沙暖皆春思。借

問風流燕子知

二犯朝天子　借問風流燕子知。並浴寒塘裡。正雙飛飛上文君舊錦機。惹相思。猶憶韓魄連枝。魏宮兎墜。家堪憐秦草萋萋。苍鳩夕陽遲。苍鳩夕陽遲

如夢令　花落鶯啼日暮。亭畔巫峰疊翠。金鴨瑞烟寒。人在捲簾深處。無語無語。月照涓涓玉宇

（丑）小姐你看那群芳固好。花花犹艷（旦）清争头日已非秦。到處韶光異様新。芳徑掃殘金谷月。愁懷羞對武陵春

二犯朝天子　愁懷羞對武陵春。無意調脂粉。笑春風

一簇深紅間淺紅。月明中。猶憶夭夭借咏。宜爾家人。入天台採藥劉晨。只恐暗漁津。只恐暗漁津

【如夢令】羅綺花香薰透。春睡不消殘酒。試問惜花人。却道海棠依舊。知否知否。應是綠肥紅瘦

（丑）小姐。這海棠正開得好（旦）不關殘醉未醒鬆。不為春愁懶散中。自是晝長生睡思。起來無力對東風

【二犯朝天子】起來無力對東風。夜月紅千樹。露嬌容。楊妃春睡晚妝新。點朱唇。誰知花裡仙真。自堪梅聘。從他蜂蝶日紛紛。未許亂芳心。未許亂芳心

丑小姐。夜色將闌。且家去罷。

南園月滿百花臺　緩步金蓮破碧苔

楊柳愁眉終日鎖　櫻桃笑口幾時開

第十七齣　孤館傷春　生扮病体仝小生上

謁金門（生）魂夢裡。怕聽三更杜宇。芳菲無奈春歸去。莊蝶讓蘧二。夜雨鳴高枕。春寒入敝衾（小生）鶯声驚夢斷。蝶舞未曾休（問云）君慈病体可減些麼

山坡羊（生）這病兒似風前絮擺。這病兒似亂絲難解這病兒只怕雨把花催。這病兒只怕留不住歸春

色。我也無奈錦瑟久塵埋。魂銷咫尺。咫尺天涯外。廢寢忘飡首懶擡。難捱。（小生）這病敢是為功名未遂麼（生）也非是郭隗墓金臺。傷懷（小生）敢是燈窗下辛苦起的（生）也非陰符伏案来

前腔（小生）莫不是白雲天外。莫不是瀟洒書齋。莫不是管鮑情乖。莫不是向高陽傷麯糵。（生搖頭科）（小生）心暗猜。料應是客約爽陽臺。桑間濮上。未盡相思債。心事難提。淚滿腮。難捱。短歎長吁悶不開。傷懷。怎能彀吹簫引鳳来

（生點頭科）（丑上）俺小姐聞知裴官人有病。着我来書房中問候。須索去走一遭。呀。還瞧在那里。不免

吽盧相公過来問他什麽病症。好回小姐話（手招科）盧相公盧相公（小生）呀。你到此怎的（丑）小姐着我来問病。我且問盧相公。這裴官人什麽症候（小生）聽我道来

（前腔）分明是嵩丘頓阻。分明是潘郎失愛。分明是稱觴時杏臉生春。到如今似粉蝶迷苍態（丑）這等怎麽醫治（小生）除非那益母兎絲諧。烏頭附子。附子情猶在。雲母屏風幾日開難捱。珊瑚桄上淚痕挨。傷懷。却借好風吹夢来

（丑）這等我去回復小姐。滿懷心腹事。盡在一言中（下）（生）適纔那箇說話（小生）是李小姐着燮春来問候

（生嘆科）天呵

〔前腔〕閑月姿。堪憐堪羨羞花貌。多情多態。只為着風侶鶯儔。倒做了遊蜂浪蝶。心強排眉鎖不曾開。人情反覆一似風中葉。何日交歡玉鏡臺。難捱。十二時中腸九迴。傷懷。辜負花間燕語來

〔小生〕君慈。須索寬懷。想男大當婚。女大當嫁。好事将近也〔生〕盧大哥。名為鮑子。實不知我矣

怎雨怎晴花自落　閒愁閒悶日偏長

春寒翠被無人共　空對薰爐一夜香

第十八齣 北邙掃墓

小淨扮金萬鎰仝二院子上

〔水底魚兒〕〔小淨〕春色滿園。紅杏綠楊鮮。清明祭掃士女

遍郊原

自家金萬鎰是也。富豪冠世。才智過人。更有兩箇家僮。十分伶俐。一箇喚作金張良。一箇喚作金韓信。常隨我花街柳巷。倚翠偎紅。綠野青郊。鬭鷄走狗（吽云）金張良。金韓信。今乃清明佳節。同往北邙山外瀟洒一回（並下）

（淨副末旦丑仝院子挑祭儀上）

【新水令】（合）春城初試萬家烟。柳條新。榆錢翻燕。日融芳草地。人醉杏花天。雲樹芊芊。雲樹芊芊。望墓門亂松西偃

（淨）猛省風光似去年（副末）殘紅過盡海棠天（旦）松楸舊塚家家掃（衆）榆柳新烟處處傳（副末）相公。自昔婆婆尸解登天。引覡葵蚪。遠望蒼松西偃。娶非化鶴歸來也（淨）夫人。那夜子時。雷轟電掣。老娘竟

爾不見。想是雷火燒化了。那里就是登仙(旦)爹ミ若是雷火燒化。怎麽棟宇如故(淨)女孩兒家休得多言。且自攢行

步ミ嬌(合)徐步郊原。望處松楸遠。落日愁雲滿。三更泣杜鵑。泉路茫ミ。風木空嗟怨。祭掃各紛然。見北邙古栢都標徧

(小淨全院子上遇旦驚羡科)

淨副末旦丑衆下)

折桂令(小淨)猛然間素嬋娟飛下瑤天。輕裾長袖。蒼櫅争妍。愛殺俺秋波盼轉。新月眉彎。恰便似漢宮中新妝飛燕。恰便似潘貴妃錦步生蓮。見了情牽。別了

情牽。謾癡疑遊轀花裡逢仙

張良韓信。適纔見這女子。傾城傾國。令人魄散魂飛。你有什麼計策。使我再得見他一見（院子云）公子。這有什麼打緊。他適纔望西路去。必竟遊向東路回。只先到東路等他便是（小淨笑云）妙我妙哉

普陀重得現觀音現五十三叅豈憚勞。（小淨衆下）

（淨衆上）此處便是墓所。將命錢過來（標掃科）

江兒水（合）松溪時觸鹿。栢老不知年。后経風雨生苔蘚。最堪憐。兒女笑燈前。誰念取狐狸眠塚上。（淨擺開祭儀擺品科）（拜科）且向莎茵拜展。珠淚潸然。萬壑淒風剪二

（淨）祭掃已畢。且自收拾回去（徹科）（合）紙灰飛作白蝴蝶。淚血染成紅杜鵑（淨衆下）

雁兒落（小淨衆上）我為他目極錦雲穿。我為他聽杳鶯聲

噂。我為他魂飛在離恨天我為他憔悴了春風面。我想他檀口櫻桃綻。我想他撚玉指纖。我想他嬌羞半掩團紗扇。羅衣猶自怯春寒（院子云）公子他少不得就轉來。不須愁煩

（小淨）說什麼愁與煩。何處看春不可憐

（淨旦衆上行科）（小淨窺看科）

【僥ミ令】（淨衆）紫陌鬪鷄犬。紅樓醉管絃。斜陽歸鳥頻相喚。莫待荒郊暝暮烟

（淨旦衆下）（小淨悶科）

【收江南】（小淨）呀。你撇下半天丰韻呵。好教我苦晋連。

怎能彀潛通消息。約菴前滿腔春意兩相宣。他去也
飄然。我去也蕭然。那堪風雨暗巫山。那堪風雨暗巫
山

〔園林好〕蹥芳塵。底樣兒尖。賽章臺。柳腰兒軟。歸去馬
嘶芳艸。誰與並香肩。重

〔小净〕張良韓信。你近前來。我沒柰何。只得下你一
礼〔跪科〕你可有什麼計策。替我娶得那女子麼〔院
子云〕公子。快不要如此〔小净〕自古道得好。求便求
張良。拜便拜韓信〔院子扯起云〕公子。那女子雖不
認得。却認得那老頭是華村李老爹。明日就着媒
婆去說親。門當户對。諒無所却〔小净〕如此便決活
殺我
也

沽美酒　洞房春。喜歡顛。花燭夜。勝登仙。佳人才子自相憐。合巹罷瓊筵。卸羅衣。抱麗娟。柁欵着桃花半面。帕染着靈犀一點。那時節燈前月前。訴舊日相思眷念。我呵心甜意甜。呀。再不管翠袖翩褼。紅妝睇眄

尾聲　荒郊偶遇緣非淺。情似泥將柳絮沾。怎捱得紙帳梅花獨自眠

紛紛粉蝶過東墻　鈎引春風一線長
拂石坐來衫袖冷　踏花歸去馬蹄香

藍橋玉杵記上卷終

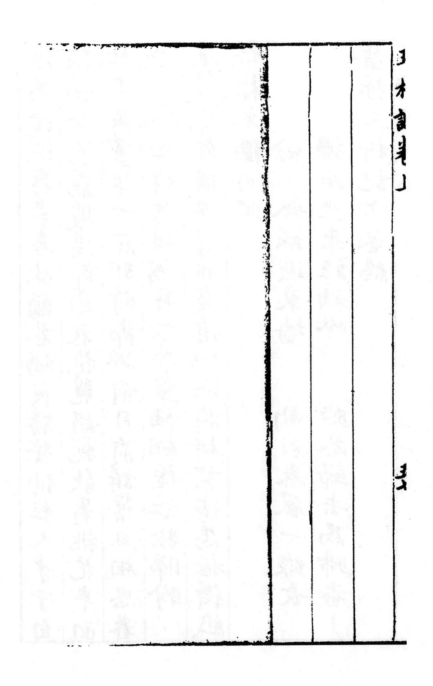

新鐫全像藍橋玉杵記卷下

雲水道人著

第十九齣 五日分鸞

〔旦扮曉雲丑扮愛春上〕

一落索〔旦〕釵頭艾虎懸。杯裡香蒲泛。人競龍舟吊汨羅。玉絲新纏腕。

〔旦〕五日浴蘭湯。菖蒲泛玉香。滿懷愁緒起。應比五絲長。　儍裴郎旅館蕭條。懨懨瘦損。今乃端陽佳節也。不知分娘可送酒去玩賞否。〔丑〕沒有。〔旦〕嘆科正是人間今日同佳節。幾處凄涼幾處歡。愛春。我有綵絲艾符在此。你可送去與裴官人。只莫説是我的。那自有分曉。辟兵已促靈符小。續命仍縈綵縷長。〔旦丑各下〕

浣溪沙（生上）空庭日午榴花綻。黄鳥不知人意懶。隔花猶自鬭香喚。

魚腹靈何在。龍舟曲謗喧。自憐憔悴客。枯槁與誰言。今乃端陽佳節。誰似俺這般蕭條。好傷感人也呵。（丑上）小姐將緑絲艾符。分付我送與裴官人。已到此間。不免敲門則箇。（丑作敲門科）開門、、（生）是那箇。（丑）是我。（生）你來做甚的。（丑）甚的、、。我袖子裡有件東西。你且猜一猜着。（生）想是角黍。（丑）不是。（生）這等想是菖蒲。（丑）也不是。（生）這等諒是艾虎絲縧之類。（丑）嗳。裴官人。你是村漢吹火。（生）怎麼說。（丑）是一屁放着。（生）拿出来。（丑）拿出来、、、。還要猜一猜。（生）怎麼猜了又猜。（丑）先猜的是東西。如今要你猜是什麼人送来的。（生）是老爹。（丑）恠得。（生）敢是夫人。（丑）也不是。（生）是小姐麼。（丑）呀。他原叫我不要說。如今又被你猜着了。這是怎麼處。這是怎麼處。（生）我不說便是。（丑）這等交與你羅。（丑）付科（生）這是小姐的雅惠。待我簪起符来。呀只是五絲自家繫不得丑待我替你繫罷。繫五絲科淨扮遐壽上玩賞池亭羅柳陰馬頭頑。欲知勤苦讀悄步到芸窗撞見打踢科你這小畜生敢戲我的愛妾死有餘辜你這狗賤人恁般無恥到此做甚勾當丑是小姐命我送絲絲艾符来此淨嘆科罷了々々生出這樣女兒敗壞家門可恨々々饒你這賤人去丑這事怎麽了不免報知夫人々々小姐下淨指生云畜生你經讀詩書不知禮法先姦後娶決杖離異。快々寫下退書饒你殘生。如稍遲疑活々打死

摧拍白唱生跪告尊前且霽雷威。聽分剖。裏情就裡莫任狐疑莫任狐疑這是艾虎靈符續命絲絲休認穴隙相窺。彤管相貽合須念取。髩首相依忍孤子更流離

淨復打罵逼寫科旦急上扯淨手科爹々怎麽不分皂白頓起風波淨好臉皮還不自慚

〔前腔〕（旦）誰曾見蝶戲花枝誰曾見鶯尋燕侶枉受鞭笞枉受鞭笞俺玉潔冰清怎被磷淄海誓山盟生死難移（合前）

（副末扮趙氏上云）相公還看他爹娘分上饒他不打趕出去罷（旦哭云）娘你又没有三男二女只一箇女婿也虧你忍得説趕出去

〔前腔〕（副末）説什麼占鳳門楣説什麼乘龍佳婿休任癡迷休任癡迷謊學韓壽偷香怎比司馬題詩割斷絲羅再效于飛（生旦哭唱）（合前）

〔前腔〕（净）那晋你連理花枝且隔斷巫山暮雨行莫遲

遲。行莫遲ㄟ。丹穴鸞凰。怎配山雞。遂散鴛鴦。任你分

飛。（生旦哭唱）（合）前

（净推生出副末扯旦入）（生旦相望哭科）

一撮棹（生）陽關路。似無枝烏鵲飛。（旦）天涯夢。聽夜半

子規啼（生）頻回首。雨下裡忍睽違（旦）妾身惟有死。肯

作春妍着主衣（副末）休多語。及蚤拭淚痕歸（净）他鄉

么。情詞莫再提

（净推生下）（旦作嘆恨科）裴郎已去。身復誰主。不如觸石蚪寃死。免使青蠅玷白瑜（旦作觸石毋扯科）

尾聲（旦）征雲目送魂千里。愁暗結半天風雨。從今後

化貞石。竹染湘妃

（淨）河梁堤栁正嬌柔（副末）何必章臺憶舊遊

（旦）一曲離歌長笛裡 晚風吹落瀟林秋

第二十齣 長安訪舊 末扮清冷真人上

【瑞鶴仙】丹竈燒鉛汞。常點石化金。岳陽豪飲。拂袖煙霞動。柰苗孫甥館。五絲惹恨。蕭蕭羈旅欲飄蓬。饑寒難忍。且乘風西去。窮途相遇。指伊迷固

末仙自從百花亭上。化身與孫兒論道。至今不覺幾經寒暑。令他被岳家逐出。更無依倚。不免先至中途。待他相遇。指他前去托身父執崔相國多少是好。正是床頭黃金盡。壯士無顏色。龍蟠泥中未

天呵俺裴航不遇這老翁難免葬身溝壑矣

【古輪臺】路途窮。又逢把上白眉翁。不堪回首斜陽裡雙鳧比翼鐵笛迎風。分明去採藥雲深。白眼踟躕轉增凄楚。何年萍梗定飄蓬（哭科）小姐呵想你丰容頻減。頃刻間血濺榴裙。多管效盧姬剔目。齊女守符陳姜刎頸苦節凛霜冰。從此後怎能彀天際聽鸞音。

【尾聲】無情家是他鄉夢。把袂相看覺又空此夜相思一枕中

第二十一齣　抱石矢心

小净扮金萬鎰同二院子上

玉杵記卷下

普賢歌〔小淨〕綺羅帳裡繡鴛鴦。覆雨翻雲窈窕娘。低鬟蟬影動。私語口脂香。暮々朝々閒着想。

自從清明時候。遇那多嬌。即着媒婆去李家說親。那媒婆鼓舌搖唇。三言兩語。將我的豪富打動。那老頭兒勢利心腸。昨聞將裴航趕出。棄舊迎新。成就必矣。適纔分付院子。再尋錢媒婆商量去說。怎麼還不見到。燥殺我也。燥殺我也

〔丑扮錢媒婆上〕

前腔 終朝街後與街前。憑咱巧語更花言。老的當少年。醜的比亞仙。本性生来只要錢。

〔院子〕禀公子。媒婆已到〔小淨〕快請進来〔丑〕公子見禮〔小淨〕媒婆拜揖。聞得李家已將裴航逐出。料有我的意思。你可再去說。說成親事。重々謝你。〔丑〕如此待我再去說〔小淨〕有綫針須引〔丑〕無錢卦不靈

〔並下〕〔淨扮李遐壽副末扮趙氏上〕

〔生査子〕養兒代老。積穀防凶歲。生女不生男。緩急非所益。

〔淨〕夫人。春間金公子央媒求贅。我到沒有許他。如今裴航逐出。家下事情。無人看管。怎生區處。〔副末〕相公。女孩兒自別裴航。坐卧一小樓。昏昏悶悶。不思飲食。宜早覓一佳婿。以慰他念。不然。倘有差池。我和你靠着那箇〔丑上〕此處便是李家門首。不免進去〔見科〕老爹夫人在上。媒婆叩頭〔淨〕起來說話。〔丑〕今春金公子求贅小姐。那時老爹說是裴相公定了。今裴相公已去。特着媒婆來懇。不知老爹夫人意下何如。〔淨〕此事十分湊巧。許了他罷〔副末〕相公。明日便是成婚吉日。就約他來入贅。也丢下這件心事〔淨〕媒婆。你便去約金公子。明日吉時入府成婚。〔淨副〕一言繩繫足〔丑〕兩下玉交枝〔並下〕

（老旦扮玄靜毋上）善哉〻〻。只見改操重婚。誰肯捨身全節。遠〻望見我孫女抱石河干。欲求自盡。不免在此苔救（坐科）（旦上）俺爹娘暗地將我許贅狂徒萬鎰。自知難免失身。到不如抱石投河而死。庶無愧裴郎於地下也

（山坡羊）抱孤貞。柏舟已誓。咲奸謀。桃源空入。白楊夜半陰風起。裴郎呵我只望形影隨。那知道魂魄依荒坵野草。野草深埋玉。想此情猿聞也恐斷腸啼。傷悲。生離死別兩分岐。傷悲。從今夢裡把郎衣。

（哭相思）水流無盡時。千載悠〻見我思。冰清玉潔寒波裡。不如死免仳離。

飛身付水科老旦抱住科我兒不要如此。且隨我終南學道。曾教你夫婦再會。節義兩全。旦回首科呀。奶奶怎麼在此。老旦我自蟬脫之後。向在蓬萊棲止。知你有難。特來答救。你可即隨我入終南。不須踟躕垂淚。老旦扶入云人離猶可會。月缺有時圓。下俊副末丑小淨扮上淨今夜正是婚期。孩兒悄地走出。想是投河去了。副末這是怎麼處。這是怎麼處。活活痛殺我也。小淨問科請問這兩艄漢船。可見有婦人來此否。內應云聽得有箇婦人哭哭啼啼到此比欲答救。早又不見形影。小淨這是死無疑了。要我這條狗性命何用。不如相從河洛死。做鬼也風流。作投水科丑我一身累死兩性命。不如遂浪隨波免禍危。作投水科副末女婿與孩兒俱斃。要我老身何用。生不如死之為安也。淨扯科倘或別船救得也未可知。怎麼輕身就死。愛春暗上云我昨晚見小姐把一塊石頭綑在胷前。我只說頭下掛刀石。畢竟是磨嘴。那知就投水了。淨賤人。何不早說。夫人且自歸去。待我再訪下落。

净　河梁一望水如奔　副末　人似湘江弔屈原

净　渺渺貞魂無覓處　丑　斷腸千載有啼猿

第二十二齣　贈錢遊郢　老外扮崔相國上

【菊花新】漢家丙魏調羹手。功名伯仲伊周。眉鎖江山迥自愁。清朝寵盛金甌。

平明登紫閣。日晏下彤闈。此日登樞要。貧交憶舊知。　下官乃崔相國是也。職專鼎鼐。權秉鈞衡。長念寒微時節。沐故人裴廣志裘馬情深。不意我到三台。他已九泉。靜言思之。不覺淚下。昨聞同寅盧閣下。說他幼子與伊姪盧顥同學。本欲寄些金帛贈他為寒燈之費。柰無便鴻。久虛此念。今乃炎暑天氣。從容退食。未妨納涼池閣。院子。有客進謁。須索通報。以便冠履相見。〔院子應聲科〕

【前腔】〔生上〕浮雲蔽日鄉關暮。長安望裡生愁。喜今萍跡到皇州。朱門且曳長裾。

浮雲遊子意。落日故人情。自昔通家愛。從今謁李膺。此處便是相府。不免投刺来見。〔叫科〕舍人你替我拜上老爺。說故人子裴航謁見。〔院子通報科〕稟爺。有故人子裴航来見。〔老外〕快請進来。〔院子出〕云裴相公請進。〔生進科〕老伯在上。容小姪下拜。〔外〕常禮便是。〔生〕小姪一介寒儒。喜托龍門。實為至幸。〔外〕老夫屢世通家。得見仲謀。喜溢望外。院子看坐来。〔生〕老伯在上。小姪不敢坐。〔外〕坐下說話。〔告坐科〕〔外〕且問賢姪家中事體若何。〔生〕容小姪告稟

【桂枝香】乖隣弱冠。椿萱連喪。謾云貳室館甥。那識丈人峰巒。似南飛烏鵲。似南飛烏鵲。空林淒慘。日近長

安路遠。念孤孱。回首家千里。披雲見二天。
（外）這等是久住令人賤了
前腔（生）非關久令人賤。自是貧來交變。雙燕已分。連枝已斷久遭偃蹇久遭偃蹇何日朱衣頭點。覓取東床腹坦。（哭科）淚潸潸誰借東風便。搏鵬萬里天。
（院子稟科）啓老爺。已聞李女抱石身死。申文到部。
（生慟哭科）（外）好。舍身全節。李女可稱奇烈矣。賢婿大事已去。追怨何益。但湏金榜掛名。豈愁洞房花燭
前腔 你是明堂瑚璉。廷津寶劍。不湏問窗下人知。且待取池中物變。燈傳藜杖。燈傳藜杖青錢萬選。湏飽

五車萬卷。趂青雲。桂折三秋月。觥醉九重天。
賢姪本待留你府中讀書。柰此處無明師豪友。近聞楚地多才。俺這里具錢二十萬。贈你遊學郢中。以圖顯達（生）如此何以克當。（外）還有一言相贈
（前腔）謾說金門賦豔。恁比陽春調罕。宋玉襄臣。陳良楚產。且負笈遠遊。且負笈遠遊。明師遍訪。效取螢燈雪案。着鞭先。占時楊柳色。旋日杏花天。
鞍童披馬来。伏侍裴相公到襄漢去（小净扮鞍童帶馬科）（生）既蒙贈錢。復賜僕馬。眷注殷ゝ。敢不副望。就此拜别（拜别科）
生 屋烏推愛重
外 橋梓締交堅

生離堂思琴慶 小净別路繞山川

第二十三齣 倚舟閒吟 生仝小净上

懶畫眉 生 風催大火逼西流。庭落梧桐幾葉秋。一鞭殘照路悠々。蟬聲如助人凄楚。深樹吟来咽未休。

鞍童這是什麼地方 小净 湘楚界地了 生 嘆科

前腔 娥媓怨入大江流。賈誼長沙去國憂。滔々不盡古今愁。李々那見流將去。長載離人恨滿舟。

小净 相公。自京師抵此有數千里。馬疲人倦。須覓舟行方可 生 遠々望見扁舟投鄂渚而来。不如待他抵岸。就叫他去罷 丑扮鉄拐李仙撑舟貼扮樊夫人大净扮梟姻仝船上

【前腔】(丑)丹瓢化作木蘭舟。鐵杖撐來蓼岸頭。白鳧驟點逐輕鷗。風濤無復蛟鼉怒。萬頃煙波接素秋。

【前腔】(貼)白蘋吹動楚江秋。假共歸湖范蠡遊。丹丘消息暗相酬。晴川歷〻漢陽樹。芳草萋〻鸚鵡洲。

(貼)昨奉王母玄旨。命鐵拐真人化作楚江舟子。駕奴到鄂渚。與裴郎共抵襄漢。暗露雲英消息。教他夫婦重逢。李仙長。鄂渚已近。須索抵岸渡他。(丑)樊夫人。你和裊烟。且隱在舟中。待我撐去歌云數聲柔櫓蒼茫外何處江村人暮歸(抵岸繫船科)(小凈)相公。那来的船。想是有半載的。不如就搭他去。我帶馬前去襄漢等候(生)這等你自先去(小凈下)(生)船家。你這船想還有空。可搭人到襄漢去麼。(丑)船雖未有全載。恰是樊夫人赴任的。不敢搭人。(生)你就稟那夫人道。是裴公子搭船。或容相附亦未可

知丑入舟私語科他適纔要搭船。到被我難他一難貼公子心性。不要難他。恐又別去了丑相公。那夫人已肯搭了。只是多虧我去說。船錢要重賞些生這是什麽打緊。就多些也罷。船錢在此。你先收下丑多謝了。請上船來生上船科丑相公。那夫人在中倉。你就在前倉罷生如此恰好丑採舟唱吴歌科釣罷歸來不繫船。江村月落正堪眠。縱然一夜風吹去只在蘆花淺水邉生他說什麽夫人。未知姿貌若何。待我向窗隙中瞧一瞧私窺科呼。那夫人姿容與我亡妻姿容難分彼此。不由人不傷感也。

朝元歌生冰清玉清。抱石魂猶凛。情深怨深。紅顏多薄命。雨聲風聲。滿江雨韻。擊楫中流此日心。哭科小姐呵花[illegible]乎容。環珮空聽月夜魂。天遠度孤鴻[illegible]

急暮砧。幾向南柯覓夢。麻姑路渺。有誰通信。有誰通信。

前腔【貼】我想他 山盟海盟。蚤已分鸞鏡。蜂情蝶情無處穿芳徑。倚棹低回一天離恨。怎捱得夜雨清燈。短嘆長吟那知有箇人兒在武陵。落葉水流紅。漁郎好問津。須索是魚將鈎引。成就你風流嘉慶風流嘉慶。

【生】這夫人言語之間。似有憐念小生之意。天色已晚。又逢七夕。不免推窗玩月。消遣一回。我想今夜風景呵。

前腔 一似 湘神洛神。雲繞高唐夢。牛星女星。銀漢天

河影。（貼）裊烟。捲起簾來。待我對月穿針。（生窺科）（生）月下針穿。風前線引。遥

看鴉鵲橋成。（貼）裊烟汲些水與我濯手。（淨汲水科）（生）想那夫人。既有羞花之貌。必有飛絮之

才。令他侍妾汲水不免口占一絶。央他呈正。（寫詩科）（生）纖錦廻文。寄取天

仙陽錦屏。小娘子。小生有詩一首。煩你呈上夫人。（淨）夫人節操堅貞。未可輕犯。怎麼敢傳詩去。

（生）小生這詩。非有別意。鸞鶴入青冥。依隨上玉京。暫且停舟

相問。望通取裴航名姓。裴航名姓。

（淨）如此方敢領去（捧水入科）夫人浣手（浣手科）（貼）裊烟。你唧ゝ噥ゝ。與那箇說話（淨）是同船裴相公。

有詩傳達夫人。（貼）拿上来（誦詩科）同舟胡越猶懷想。况遇天仙陽錦屏。倘若玉京朝會去。願隨鸞鶴

入青冥。呀。這生到是一箇才子。可敬ゝゝ。

〔前腔〕辭林賦林。白雪傳遺韻。天京玉京。霞外思允迴。〔寫詩科〕玉液飲餘。玄霜擣盡。藍橋重見雲英。錦帳生春。何必崔山憶櫛巾。〔貼〕裊烟請裴相公進來〔淨〕請生入〔科〕生見禮〔科〕〔貼〕未覩天孫。先睹雲錦。深為敬仰〔生〕辱同舟揖。幸沐恩波。不勝銘佩〔貼〕蒙賜郢章。妾謭和以巳調。希留異日之証。幸勿等之謔浪也。〔生〕誦詩〔科〕一飲瓊漿百感生。玄霜擣盡見雲英。藍橋自是神仙窟。何必崎嶇上玉京。這詩意出言外。令人難解。須索沉思。〔作沉思科〕〔貼〕萍水幸相逢。詩成覺有神。只見那潮隨月湧。孤帆隱隱。滕王風送。滕王風送。

〔丑〕裘漢已到。各人收拾行李上涯〔貼〕裊烟行裝可綰束了否〔淨〕俱已齊整〔[illegible]〕如此。我與你先去。樓中有待乘黃鶴。海上無心任白鷗。貼浄並下〔小浄上云〕相公。鞴馬已整。請即陸行。〔生〕待我辭了那夫人着。呀。夫人那里去了〔丑〕去已多時〔生〕你可遇着那夫人否〔小浄〕一路並無所見〔生〕快帶馬來。待我趕上

生 僊侶同舟晚更移　丑 慇勤鞭馬灤城西
小浄 芳塵欲踵人何處　生 曉聽深林宿鳥啼

第二十四齣 凭闌憶遠　旦道扮上

〔破齊陣引〕日侶閒雲野鶴。自憐鳳寄青梧。寶鴨烟銷九華燈晃。最是愁人時候。駐顏大藥偏消瘦。通信青鸞間有無。人坐月明孤。

【浣沙溪】菡萏香消翠葉殘。西風愁起綠波[illegible]
韶光共憔悴。不堪看細雨夢回巫峽遠。小[illegible]
徹玉笙寒。多少淚珠何限恨。倚闌干。奴家自[illegible]
日抱石投河。祖母救入終南。棲真煉界。令他早[illegible]
瑶池佳宴。令人獨坐無聊。
不免倚闌遠眺以遣悶懷。

【風雲會四朝元】松窗斜倚。遠天雁影低。忽風動蓮巾。
雲生玉履。冷落有誰知。正深秋天氣。深秋天氣。黃葉
飄零。衰草披離。菊冒雨開。燕知社去。眼見那如許。嗏
俺這里自嗟吁。淚拭羅襟。訴不盡寒蛩語。天呵兩地
怨孤飛。無處遺雙鯉。把關河望絕。無端愁縷。西風吹
起

前腔 秋光明媚閒庭月影移。聽翠竹風敲。梧桐露滴。耿〻難成寐。憶那人千里。那人千里。聚散無常。存沒誰知。繡口錦心。蕙姿蘭質。空自相憐惜。嗏。寫不出短長詞。海角天涯。有夢難尋覓。妾飲長河湄。君渡桑乾水。分離須刻。雲迷雨晴。斷腸深處。

我想他當日出去。囊無半文。怎免窮途飢餒呵

前腔 蕭條羈旅。孤身何處依。想食推漂母。榻懸徐孺。怎比當年遇。慮敝貂季子。敝貂季子。只怕你運困齎門。投暗隋珠。伐木遷喬。又逢幽谷。歷盡愁滋味。嗏。這

艱苦也難辭。塞北 江南。一任風飄絮。月轉夜郎西。謾把愁心寄。早凉侵衣袂。不堪遠聽萬家砧杵

呀。到是我差了。男子漢。大丈夫豈少棲身之所。只怕一朝富貴。不念糟糠之婦耳

【前腔】歷埋寶瑟。終當續素絲。少什麼執拂燕姬。彈箏秦女。還把荊釵憶想男兒願遂。男兒願遂。富每易交。貴每易妻。自鬻羊皮。相秦百里。怎記得烹雌日。嗏。還應是謾癡疑。玉管金筐。情奮諧簫史。君抱歲寒心。妾守凌霜志。把金錢暗擲。仰天問取。別來何似

一片征雲萬里山　松堂相憶夜將闌

西風如解人愁思　莫送猿聲到夢間

第二十五齣藍橋訂約

〔金瓏璁〕〔老旦上〕小春梅綻蕋。閑篘扉。坐論玄機。黃石畔。青牛睡。赤松稍。白鶴唳〔旦上〕人那得桃源再會。向壺公傳縮地

〔老旦〕我兒前日樊夫人在舟中遇你丈夫。已將題紅詩句勾引他来。我與你不免向藍橋化一座茅菴。與他會晤〔沉吟科〕只是一件。我夲待就把你夫婦合婚。柰月宮玉杵遺落人間。終無還日。恐玉帝又加罪譴。不如我化作老嫗績麻。你在簾中默坐等他下馬求飲。我叫一聲。你便半揎湘簾捧出瓊漿。待他見而関情。着令訪買杵臼納聘成姻。豈不全美。〔旦〕憑奶奶主張便是〔老旦〕如此就喚一陣清

風化作茅菴者（喚風科）旦呀。這茅菴。就是天造地設。不過如此（老旦）你且向簾中坐去。待我在此續麻。旦下）（老旦續麻科）

（生仝小净上）

清平樂）踈林霜染。別路征鞍遠。勝槩名區今訪遍。應知人隔僊凡

小生舟中遇那夫人。原疑他非人間婦女。至今遍訪名區。杳無踪跡。非玉天仙子而何。鞍童。我十分口渴。可取水漿我飲（小净）相公。這里有一所茅舍。你且下馬進去。求些水漿解渴。有何不可（生）下馬科）帶馬過去（入科）老安人。小生見禮。（相禮科）（老旦）先生到此。有甚話說（生）小生求些水漿解渴（老旦）如此請坐（老旦向內叫科）雲英取一甌漿來（旦內應科）（旦捧簾現半身科）水漿在此（老旦接出付生科）先生請飲（生背語科）這女子桃花半檻。又與俺小姐相似。而玉骨氷肌。倍增神彩。且䒭夫人有雲

英藍橋之句。莫非就是他了（歆羨科）呀怎的這般

就似甘露一般（小淨）相公。這是渴時一滴如甘露

（生）還醧科）多謝了。只是僕馬勞頓。願少假此憩息

（老旦）但坐不妨。請問先生家在何處。為甚到此

【鎖南枝】（生）雲中地。是故鄉。父昔承恩秩太常（老旦）請問上姓

尊名（生）姓字命裴航。遊藝遍天壤（老旦）可曾娶有娘子麼（生）孟光

婦。久已亡。楚江萍。至今流浪。

（生背語科）這安人到熱心得緊。適纔這女子。莫非就是他生的。待我設法問他（問科）請問安人高年

幾許

了

【前腔】（老旦）夫蚤喪。子無良。季邁期頤自感傷（生）老人家到還

康健（老旦）蕭瀟又荒涼。雨露相滋養（生）適纔簾中那娘子。可是令愛麼

（老旦）閨中秀。屬孫行（生）可曾聘人否（老旦）比明珠。怎離掌上。

（生背語科）既未許聘。莫非與小生有緣。只是少箇媒人說合。（小淨）相公。那安人儘老實。你就與他說說羅（生）說得有理。待我遠〻對他說來。（向老旦云）老安人。小生一言奉勸（老旦）先生請道

【前腔】（生）蘭閨女。年已芳。為惜標梅願未償（老旦）柰未曾有佳婿

（生）對面有潘郎。千里緣非妄。（老旦）得婚如君。夫復何愛。但老身抱病。只有一箇孫女。昨日仙人過此。授我靈藥一刀圭。須得玉杵臼擣之。方可就吞。凡求贅者。須得此納聘。乃稱我願。其餘金帛。無所用之。（生）願以半載為期。小生必覓玉杵臼至崑岡鑿。願相將。訂金盟。前言勿爽

（老旦）一諾千金。豈有食言之理。但君此行。須索登回。

【前腔】(老旦)我衰年病恐無常。蚤求玉杵搗玄霜(旦)不須過慮。決無阻滯。(老旦)只怕你連城不易償。萬里勞相望(生)小生雖傾囊有所不惜(老旦)花栟岍。休繫韁。結良緣。更無他向。(生)如此小生即便前去訪買(相別科)(生)教童帶馬過来。去訪藍田種(老旦)来諧倚玉榮(生同小淨下)(旦上)奶奶我捧漿之時。若不轉眼得快。淚珠兒早又滿襟了(老旦)我兒。如此着發他去纔好。你夫婦相見的日子還長

重看潘岳面　更值阮郎歸

蕭隔天涯遠　心留馬步遲

第二十六齣　蘭省策名

小生扮盧顯上

【水底魚】足下生雲。向長安獻賦。新想花開彩筆。一舉定成名

春色隨征馬。長安路不賖。若非名利想。萬里忍辭家。○小生盧顥為郡縣徵上公車來此。遠望有箇朋友。須待同行。

（生同小淨上）

【步步嬌】雕鞍幸度藍橋水。地疑採藥處。人似避秦時。喜渴解相如。媒通毛遂。每懷鄂渚詩。不減題紅句。

（生見鸞相禮云）盧大哥你為甚來此（小生）劣兄上京赴選。且問賢弟從何處来（生）小弟飄々蕩々。原無定處（小生）可是赴廷試麼（生）非為此来（小生）這等為着甚事（生）上京訪買玉器送人（小生）劣兄聞得些相國發書楚地徵你来京。怎麼不赴廷試（生）若是這般說。小弟不敢同行了（小生扯生怒語科）

玉
壺
記
卷
下

十五

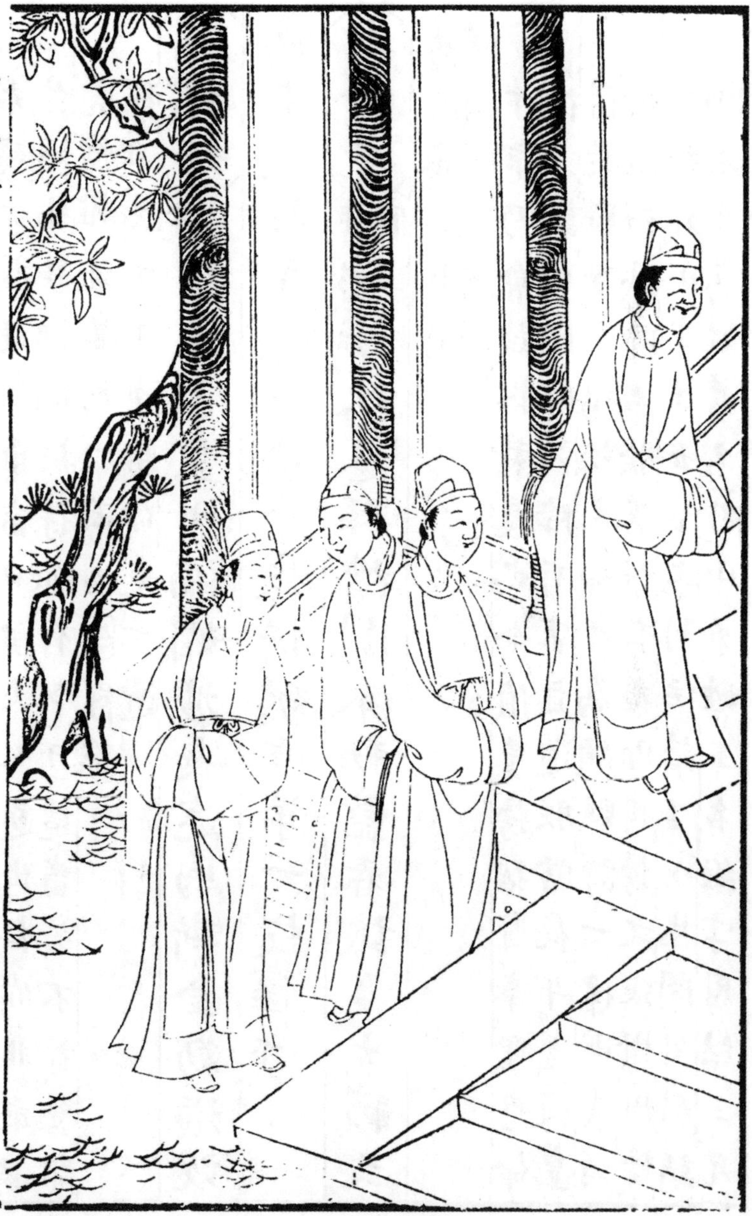

君慈。你太没志氣。當日被夫人逐出。料你非乘龍
佳婿。非崔相國扶持。那有今日。這番若不首登龍
虎榜。難洗當初一面羞（生）羅羅
羅。且丢下正事。陪你走一遭

【園林好】（合）指春色皇州徧媚。涉長途馬嘶金勒。須效
高才足捷。折蟾宮第一枝。折蟾宮第一枝（並下）

【生查子】（末扮試官上）承恩拜禮闈奉勅監春試。多士戰文
場。操觚分鈍利。

下官乃會試總裁是也。今值黃榜招賢。奉聖恩命
俺主試會場。昨又降有密旨道朕當夜午。夢鳳皇
儀於殿陛文場校士即此為題賦詩一律。中式者
册選殿試以憑發落。叫左右。即將榜文張掛。（掛榜
文科）（外小生丑仝上）列位請了（小生問外科）請
問老兄高姓尊名（外）小弟姓王名維字摩詰三兄

請教（小生）小弟姓盧名顯字君明（生）小弟姓裴名航字君慈（丑）小弟姓夏名第字伯高（外）列倍榜文掛處。便是試塲就此請進（進）禮科（分班立科）（末出題科）（左右宣看題科）題目鳳凰来儀限空桐籠虹中韻。各賦詩一律（众作思科）（外出班吟詩科）五色文章映碧空。和鳴遺韻入絲桐。紫庭雙舞風輕趁。丹穴深巢月淡籠。謾借軒轅圖洛水。每随蕭史負霓虹。應知漢室開昌運。覽德来棲玉樹中（末贊云）閱君此作。雖七步之才亦當退三舍矣（小生吟詩科）卿雲靄靄繞春空。自是雙凰倚碧桐。長破風烟凌海島。肯如雞鶩老樊籠。簫韶欲續虞庭韻。儀羽疑分複道虹。此日朝陽無限思。願隨霓舞上林中。（末贊云）黃鍾遺響。擲地當作金聲（生吟詩科）千仞翩翩度遠空。羞將彩翅拂梧桐。情親鸞鶴軃雲髻。人比巢由出世籠。竹實啄来筠借尾。醴泉飲罷澗生虹。還如丁令歸華表。翔集君王禁苑中（末贊云）讀罷。令人有霞外之思。食烟火者未許有此。（丑出班科）禀老大人。請坐遠些。生員總好吟詩（末）這是怎麼說（丑）俗語道得好。詩從放屁来。大人若不坐遠些。只恐疾雷不及掩耳（末）胡說。好〻吟来（丑）吟科）白眼蹶踏滿腹空。須教倒吊在梧桐。二朝只好流清水。七日應知入土籠（末怒云）怎麼吟了四句。還未說到鳳凰来儀（丑）大人息怒。待生員湊来（丑背語科）嘍。小生學踈才淺。且是新婚。被不知趣的爹媽強来赴試。不免將我新人懸望的意思。托物比興。湊上幾句（吟科）郎去渾如分鳳侶。妾心畢竟望霓虹。蓋開鸞鏡臨妝面。空對鴛鴦繡枕中（末怒云）胡說。不須國家的祥瑞。到表你夫婦的私情。叫左右。快趕出去（逐出科）（丑扃門不遇休題鳳。且東衣裝逐鳥歸（下）（末）中式舉子。俱赴午門外伺候冊送殿試

末　司命朱衣頭已點　傳臚冊詔鳳應須

众　縱步直凌霄漢上　月中仙桂待君攀

第二十七齣　鳳闕承恩　末朝服上

【北點絳唇】日映龍頷。香騰玉案。開宮扇。問策楓宸。各攄着經綸獻。

下官昨呈試冊。復奉聖旨命監殿試。不免升階伺候（外小生〻仝上）

【前腔】柳拂僊班。花開上苑。鶯聲亂。竚望天門日射在黃金榜。

（公進朝禮俯伏科）（末）下官奉聖上旨意策爾諸賢呵

【駐馬聽】國步艱危。怎得山河奠四維。振綱肅紀。弊政清釐。頹俗潛移。須教玉帛盡華夷。竚看城社消狐鼠。

吐爾胷奇，中興上策悉陳當宁。

前腔（外伏寫跪唱科）臣攄忠愚，人主心爲萬化基。須是勵精圖治，旰食宵衣，蠹剔奸除。臣民遠邇懾天威，藩夷中外無他志。帝騄王馳，河清海宴，治臻上理。（外遞策科）

前腔（小生伏寫跪唱）豎昧何知，殫竭私衷一得愚。屢朝沿習，闒宦專威，操柄旁移。須奮精明自總持，紀綱法度隨張弛。臂指相維，冠裳再整，奸雄魄褫。（小生遞策科）

前腔（生伏寫跪唱）向日傾葵常布，何堪補袞衣。每念當今大體，藩鎮挾威，主勢孤微。盧扁無能振痿痺，貫詎空餘長嘆息。利用征誅。鞺鞳淨掃。乾坤再闢。

（生）遞策科（末）衆士子俱赴午門外聽候九重天上開雲錦（众）五鳳樓前聽捷音（末）下（外）盧兄裴兄今日朋友雖多。似我們得意的也少。未知首甲何人（小生生）王兄陽春寡和。首選無疑矣（外）休笑：：

（旦貼扮昭儀仝末上）

出隊子 鳳凰池上。鳳凰池上。金榜初開御墨鮮。鴻臚首唱人歡忭。鵬路逍遥萬里天。年少風流何異登仙

跪。奉聖旨賜王維狀元。盧顥榜眼。裴航探花。俱及第出身。各給御酒宮袍。遊街三日。瓊林開宴。蓮燈歸院謝恩（嵩呼科）（換衣簪花科）（把酒科）（謝恩科）（众拜末科）（末）列位請受絲鞭上馬。下官蘭省相候（末下）（众上馬遊科）

【窣地錦襠】二月雷聲奮卧龍。宮袍隱映柳條新。太史驚傳五色雲。馬蹄踏遍鳳城春。

【哭岐婆】上林春勝。芳菲如錦。香傳十里。冣多紅杏。這回雁塔題名姓。覓取金泥封佳信。

【香柳娘】（丑扮貨郎上）賣金貂玉珮。賣金貂玉珮。更無鸞處我想只有五百名進士要得着。不如衝入花驄隊（左右扯稟科）這貨郎大膽闖道。來老爺責罰（外）貨郎。你賣什麼貨敢衝我馬頭（丑）小人賣金貂玉佩的。自古道神仙留玉珮。卿相解金貂。不到老爺馬足下賣。再到那里賣（外）饒你去罷（生下馬問科）且向伊問取。且向伊問取。你囊裡滿瓊琚。料應有玉杵。（丑）這是冷淡貨。小人沒有

(小生)君慈你想是風魔了好全無統體。好全無統體。枉自列簪

裾。全不重名器。

(丑)暗下科(扯生上馬科)(众)下科(众)復上料

(穿地錦鐺)宮花斜插帽簷低。御酒香濃覺醉遲。遊鶚

今已化天池。人羨嫦娥愛少時。

(哭岐婆)栢梁遺體。西崑餘技。金鑾奏頌。曲江宴集。瓊

林鶚薦幾男兒。金馬玉堂三學士

(香柳娘)(丑上)嘆韞藏美玉。嘆韞藏美玉。撫囊空泣。欲待

善價沽。怎奈無生計(左右扯稟科)稟老爺。適纔饒了他去。他不知高低。又来闖道(外)

這次却没淂解了。(丑)小人的生理。是一家貨。只得還到馬足下投生(外)可惡。咄。去罷(生下馬扯丑科

向再三審實。向再三審實。我心孔亟。你便無玉杵。驚處應相指(丑)小人是販賣生理。要實没有。只聞得鄜州下老家有一副。未知還在否(生)如此我便往鄜州去。諸半凡想不相陪了(外)小生下馬拌生科)(指丑罵科)這狗才可惡。快趕過去(丑)脫去已憑三寸舌。再来不值半文錢(丑下)(生)笑金章綬紫。笑金章綬紫。心不樂此。且自解荷衣。掛冠神武去

(淨扮内使擁众奉聖旨上)聖旨已到。跪。聽宣讀(众跪宣旨科)奉天承運。皇帝詔曰。論思廣益。宜右文臣。惟幄運籌。莫如武備。茲爾王維盧顯。彤庭奏對具見遠猷。朕甚嘉之。是用授爾為翰林學士。裴航策對。宜征藩鎮。以振神氣。朕甚壯之。是用授爾爲翰林學士。兼兵部尚書郎。監軍河朔。以征不[illegible]

林宴後。即各就官爾其欽哉。毋怠乃職。謝恩〔众謝恩科〕〔接旨科〕〔衆禮科〕〔净衆下科〕〔生連冀科〕〔外小生〕君慈恩命已出夫。復何辭〔众唱〕

〔尾聲〕天街遥把絲鞭指。御筵應擬醉扶歸。歸院蓮燈月上時

墨題金榜聲名重　宴賜瓊林寵渥深

他日致君堯舜上　蒼生四海沐甘霖

第二十八齣　燕藩報捷　外扮康承訓戎裝擁旗校上

〔金瓏璁〕干城推虎將。操成士卒精強。摧枯朽。勢難當

少年韜畧冨胷中。此日專兵節鉞。催。討罪已知寒賊膽。登壇先自肅軍容　小將康承訓是也。奉朝

命出討亂賊王庭湊。屯兵在此。等候監軍大人一
齊定策前進。怎麼還不見到（生綸巾擁衆上）

【前腔】密約應難爽。那知遠使疆埸。决勝筭。且徬徨（左右稟科）稟老爺。軍營已到。請爺下馬（通報科）（外出迎科）（入禮科）（外）小將。屯軍操練。未得遠迎。伏乞恕罪（生）下官承恩集寡。有失相陪。多有得罪（外）軍馬已整。請即啟行（生）正是（外）衆軍校。就此放砲起行（吹號行科）

【八聲甘州】（生）藍橋盟訂。柰沙場遠戍。難寄佳音。行行千里。回首山河頓迥（嘆科）罷罷罷。愁腸轉作忠君志。楚兩番爲破陣雲（合）想關塞。未應春。怎如細柳映營新。韜弓矢。負甲兵。風霜前路欲銷魂

【前腔】【外】帥師錫命榮。便鄉關迢遞。未須消損胡霜追月。有多少萬里征人。笳吹夜半西風楚。衣擣秋深少婦情。【合】山黛鎖塞雲橫。聲聲啼鳥喚人行。朝拜命。夕奏勳。須教功跡畫麒麟【並下】

【畫堂春】【丑扮王庭湊戎裝旗校上】燕臺虎踞十餘春。成德軍。素稱驍勇。忽聞唐室欲加兵。怎展威靈

俺自家據成德。圖深州以來。唐家頗懼俺的威風近差韓愈來此。封俺為成德節度使。來解㶏金之圍。放還元翼。被俺四列刀兵。恐嚇這廝。這廝到有膽氣。昂首揚眉。不少變色。見俺堅意不從。只得發然而返。如今又聞差什麼先鋒康承訓。率兵討俺。復以新科及第裴航監軍督戰。俺想裴航白面書

生。承訓無名小將。奮俺三軍之勇。那消一鼓就擒。不免號令軍士出兵迎戰。叫軍士。就此出兵〔众應科〕須知耀武交鋒去。管取搴旗奏凱還〔下〕〔生外擁众上〕〔生〕蓮幕悲涼聞鼓角〔外〕戰場慘暗望風塵。司馬。賊境已近。進兵攻戰。計將安出〔生〕我想庭湊殺大臣。據重鎮。圍大兵。抗君命。其志已驕。其銳未挫。將軍此戰。須是詐敗與他。待下官帶領一萬五千之衆。埋伏恒山要路。等他追至。黃旗一舉。矢石俱發。擒斬此賊必矣。將軍以為何如〔外〕此計甚妙。不免就此號令軍士。分兵前進〔號令科〕叫軍士。聽俺號令。你們把一萬五千之衆隨我攻戰。只許詐敗。不許取勝。把一萬五千之衆。隨裴爺埋伏恒山。待黃旗一舉。矢石俱發。分開隊伍。就此起行。

〔分隊行科〕

〔紅繡鞋〕〔众〕縱兵驅逐豺狼。豺狼。須知擒賊擒王。擒王。靈蛇陣。伏恒山。黃旗舉。賊應亾

〔生众下埋伏科〕〔丑众上遇外众打話科〕〔丑〕來將是誰。敢犯我境〔外〕大將康承訓奉天討罪〔丑〕連大笑科〕像你這樣先鋒。想來與牛元翼作伴〔外〕似你這等數鼠。料應是吴元濟後身〔怒戰科〕〔外詐敗下科〕〔丑追下科〕〔外走上丑追戰科〕〔生上舉黃旗。軍士放箭。丑众中矢死下科〕〔末扮牛元翼老狀上科〕十載吞氊蘓武節。連城完璧相如功〔相見招科〕〔末〕非藉二公謀畧。老夫葬身無地矣。多感〻〻。〔生外〕天朝靈爽。奸雄自應東首〔外〕賊黨已破。且自收軍回營〔收軍科〕

〔前腔〕〔众〕三軍武藝高強。高強。中軍謀畧無雙。無雙。復河朔。取金湯。飛捷報。奏朝堂

〔下〕〔馬入營相禮坐科〕〔外〕司馬。元兇雖幸就戮。餘黨不可勝誅。外貌歸降。中心莫測。如今且議誰為班師。誰為居守〔末〕人心未定。怎麽就說班師。老夫即日赴京。若有捷書。吾當代奏。二公都要在此坐鎮。

（生）寫捷書與末（科）封章一道。煩老先生呈上御覽。
（末）接（科）就此告別（別禮科）（末）再造深恩無可報（生）
（外）捷書為奏聖明君（末下）（生外復入坐科）（生）康將軍。下官原無志於功名。但為君命所逼。萬不得已。來此同破奸黨。如今事已大定。下官請解綬歸。河朔事體。都賴將軍總攝。下官就此告辭（解綬科）（外）說那里話。捷書已上。不日論功進爵。司馬為何遠去（生）此念已決。幸勿相阻（外）司馬既不少留。叫軍士。整備夫馬遠送（生）不勞。叫鞍童披馬過來（小淨上）（軍士跪留科）（生嘆抆淚科）此舉多虧你們。但我老爺歸心如箭。不可復留。你們好生隨事康爺。有功自當陞賞（軍士起嘆科）既是老爺不肯少留。我們伺候遠送便了（外）司馬。且容奉餞（生）不勞。就此拜別（拜別科）

外　嗟君此別意何如　生　業就功成敢久居

外　漢室空懸侯爵待　生　子房甘與赤松俱　各下

第二十九齣　光生卞璧　生仝小净上

【駐雲飛】喜脫樊籠。亟整先鞭白玉驄。幸掃烽烟盡。聊報君恩重。嗏。憶昔歸夫人。金門承寵。含玉吞津。能療楊妃症。為向荆山訪卞翁

鞍童。歸州已到。你看卞家招牌在那里（小净看科）稟老爺。就在此間（生）鞍童。我既身遊方外。不可復稱老爺。還稱相公便是（小净應科）（生）帶馬過去（生吽科）卞老官在家麼（末扮卞老上）

【前腔】萬鎰連城。賈玉生涯積貯盈。門外誰相問。應蕢櫝中韞（生）是小生（末）買些什麼物件（生）玉杵臼（末）等我取來（取出科）烱公請看（生看科）還求高些的看〻（末）差

美質出西崑。山川借潤。雕琢無痕。照座明

如鏡。不獲千金不售人

(生)你們賣玉器的家數。都說蘇州價。說一千。想要一百(末)相公這等說。小子不敢奉承了(生)老實要多少(末)定要求賜二百兩銀子(生)背語(科)據點囊中。只有崔相國所贈尚餘百金。怎麼買得他的。活活閟殺我也(小淨)相公除了死法。便是活法。這匹馬也還值五十兩銀子。就權作價與他。不以為過(生)倘或又不肯哩(小淨)再若不肯。便把我當他家。你還到羅府討些銀子來贖。未為不可(生)說得是。說得是。卞老官。小生只帶得一百兩銀子。餘外把我紫騮馬。找你罷(末)小子又沒有家僮看得馬(生)就把小价一併當在公廳。容日携百金來贖何如(末)孤語(科)這是一家貨。有了合子錢。便賣與他罷。相公是你貴客下顧。只得折本奉承(生)較量你且在此看馬。我去取銀子來贖你(小淨)嘆(科)

【前腔】相公我鞭鐙相從數載。風塵受苦辛。那識遐途窮。只得將身狥。嗏。亟蚤覓囊金。贖田鄉井。馬且垂韁。
易主心寧忍。此日難忘君實恩。
（相別科）（小淨）相公早去早來（生）不須囑付。自有公
晚。你且耐心在此（末）羨伊思故主（小淨）事急且相
隨（末小淨並下）
（前腔）（生）喪僕旅窮。失馬歸來得百朋。絕勝藍田種。喜
踐藍橋信。嗏。臨風憶玉人。貿驕僊品。蘋藻中饋。賴伊
操臼井。砧杵悠悠異日情

棄馬且徒行　慇勤度鄜城
愁疑茅店雨　夢伴草橋春

第三十齣　蓋倒嵩丘　淨扮李遐壽副末扮趙氏丑扮愛春上

【憶秦娥】（淨副末）先春色裡。衷病懨懨鶯喚起。鶯喚起花枝摧折。人無依倚

（常禮科）（淨）夫人。自女孩兒死後。家門冷落。好傷感人也（副末）相公。老而無子。未知葬身何地（丑）外面鼓樂喧天。未知是誰家喜事（副末）賤人。自家冷落。怎貪他人喜事（小生冠帶旗皷金蓮燈上）

【霜天曉角】龍門得意。錦衣歸故里。人把金鞍遶擁羨弱秊登第

蒙聖恩馳驛錦歸曩時親舊。今當謁謝。此處便是李將軍家。昔曾假館於此。須索進謁。左右。投帖通報（投帖通報科）（副末丑下）（迎進禮科）（小生）學生昔叨下榻。今幸登龍。無任感謝（淨）喜[illegible]上第[illegible]依來

光。不勝慶幸。請坐（坐科）（淨）請問同甲名公。是那里人氏。姓甚名誰（小生）狀元王維。太原衛軍籍學生忝居榜眼。探花就是令婿（淨驚背語科）當初逐他出去。只說乞食無路。那想就中了探花。怎生區處。怎生區處（復坐科）足下甫登虎榜。即歸錦里何也（小生）蒙聖恩寵錫。同榜少年未娶者。各賜金蓮燈旋家擇婚。學生因此暫回敝里（淨）裴航今在那里。（小生）令婿奉使出征河朔。擒斬王庭湊。捷書報入。超拜大司馬。賜金蓮燈歸娶。想亦擇婚去了（淨）連嘆科（小生）學生告行（淨）有勞光降（別科）（淨）兒童聚看皆青眼（小生）親舊重逢半白頭（小生衆下）（淨）回悶坐嘆科（副末丑上）相公為甚嘆息（淨）嘆息嘆息。丟了一箇好女壻。適纔盧榜眼說裴航中了探花。奉使討賊有功。超拜大司馬。賜金蓮燈擇婚去了（副末頓足指淨恨罵科）老顛倒。老顛倒

（金索掛梧桐）他爹行　垂命托孤兒。那料相輕棄。你三

字獄成。更不容分釋。笞遍離婚。紅黰遍香肌。致使得狹兒抱恨死。老賊。你當初恠他不事家人業。到今日祿給千鍾。有女顔如玉。還切齒。我狹兒為你葬江魚

（合）空想着蓮炬生輝。空想着蓮炬生輝。杏園中。探花使

（净）老乞婆。我不埋怨着你。你反來埋怨我

（前腔）端陽孤館時。是你驅他去。我便生嗔。也須有回天日。你道他不是好門楣。如今呵。反屬他人廐中驥。老乞婆。男從父。女從母。你任他落魄東流水。到今知狹兒要死。全不提防。

日便欲聯姻。如何覓得親生女。還切齒。我與你有何
面目見他歸（合前）
（丑）老爹夫人。總是命
運顛倒。不須埋怨。
（對潑情）（副末）天呵 我每做事多顛蹟。悔當初。噬臍無
及。村郎烈女相困死。默地裡思量轉覺添羞耻
富貴窮通各有牽 翻雲覆雨枉情韋
子房破産無家計 帶礪留都世共傳
第三十一齣 搗藥壺中 老旦俗扮旦道扮上
（喜鶯遷）（老旦）藍溪碧嶂兒霧鎖秦關花隨春漲白縣

頻添朱顏無恙。神脫樊籠猶旺。(旦)雪點彌空柳絮。風鼓野田麥浪。恨春去早。日行南陸。斗指炎方

(常禮科)(老旦)獨坐幽篁裡。彈琴復長嘯。林深人不知。明月來相照。我兒。今日你丈夫當携玉杵臼至。即與合婚。未為不可。但他凡心猶盛。仍着他擣藥幾時。磨滅他的慾火。且行縮地之法。將藍橋逼近月宮。令他擣藥之時。聲與玉兔相應。疑而尋入。覽徧宮中景物。觸動霞外之念。然後成婚。豈不是好。(旦)奶奶說得是(老旦向內叫科)宮中霓裳羽衣白鸞玉兔。聽吾玄令。令有裴仙郎夜遊清虛洞府。須索伺候(內應科)得令(老旦)你且到裡面去。待我好與他說話(旦下)(生携玉杵臼上)

(憶秦娥)梅雨歇。見一羣嬌鳥啼花。客從天畔歸來也。籠中鸚鵡知麼

已到門首。不免進去〔入禮科〕〔生〕訪得玉杵臼在此
安人請自收下〔老旦〕接科裴郎原約百日為期。今
踰半載何也〔生〕小生訪到京師。被友人盧顥強去
赴試。柰朝廷把賤名列在首甲。遊街之日。訪得鏞
州卞家有副杵臼。即欲掛冠前去以踐原約。不意
朝廷命我為翰林學士兼兵部尚書。以監軍河朔。
以討叛賊王庭湊。捷書報日。方得解綬而歸。訪買
玉杵臼。故此稽遲。望乞恕罪〔老旦〕微笑科〕裴郎亦
不失為信人也。只是一件。老身雖得玉杵臼。藥末
没人擣得。懨懨病體。恐不能為小孫女成禮。柰何
柰何〔生〕小生願為安人擣之〔老旦〕如此却好。只是
太輕易了。取藥付生科〕丹藥在此。老身病體倦怠。
不能相陪〔生〕安人請自休息〔老旦〕下〔生〕適纔若不
是我應承得快。又生推托了。且自用心替他擣着。
〔擣藥嘆科〕
〔駐雲飛〕猛想當時。倚玉翻成炊臼悲。神化望夫石。有

藥難相趂。呀。日月迭居諸。幾経寒暑。荊布藁砧。已負今生遇。握手還須再世期

（外扮望舒織阿上）俺自家乃月御望舒織阿是也。奉玄静娘娘玄旨。不免大開宮闕，與裴仙郎遊玩（開門科）推出氷輪離碧海。磨開寶鏡照仙容（下）（丑扮玉兎上搗藥科）（生側聽科）呀。這是什麽聲音

（古梁州）莫不是空山應韻。莫不是寒砧搗恨。這聲還像得從內出的。待我窺看着。乃是玉兎之聲。這門還自半開。不免悄步進去觀玩一回，莫不是術傳毛穎。莫不是三窟初營。只見他朱睛白質。頸下練如銀。猶自相覊控。應是姮嫦相惜。搗藥得長生。脫骨從他犬共鷹。笑痴輩盡日守株林

（旦下）（白鸞上）（生）不意茅舍深深處。別有人間一洞天。還要進去看看（見白鸞科）呀。這是什麼白鳥

【前腔】却似鳴鶴在陰。却似白雎升昂。（作思科）原来是鳳族祥呈。不效取雲中傳信。兀自来瓊樹棲身。我羨你九苞七德。正好兩和鳴。又何須更對菱花鏡。有時節翩翩起舞翼畔彩雲生。長傍花枝吸露清。翱千仞去任薄青冥

（鸞下）（生）遠望花影凌亂。更聞歌調鏗鏘（轉步科）呀這里有一所花園。也要進去看看（生入遇旦貼扮霓裳羽衣上唱舞）

【對玉環帶過清江引】霓袖輕飄。桂林香散遙。檀板輕

敲。鈞天曲自調。雲霞停縹緲。環珮動瓔瑤。西子南威未堪誇窈窕。紅蓮出水連天灼。細柳迎風俏羞對武陵春。不赴陽臺約。竊得来醉蟠桃王母藥

（旦貼下）（生）這分明是霓裳羽曲。難道在人間就到天上了。也未知是夢裡醒裡。且挨挨眼睛。再進去一看（老旦出遇云）這是我私室。輙敢擅入。好不知禮（生揖謝罪科）小生不知進退。望乞恕罪（老旦）藥可擣完了麼（生）藥已擣完在此（取藥併玉杵付科）（老旦）你亟發出去。待明日即與合婚（生應出外聽科）（老旦内叫科）霓裳羽衣何在（旦貼上）初卸舞衣梨苑後。暫離粧鏡玉臺前。孃孃有何分付（老旦）與你出来。更無別事。只為這副玉杵臼。原隨玉女雲英遺落人間。已経十數載。幸得人還物返。今付你職守（應荅授受科）從今韞櫝鑾宮裡。莫使瓊琚染世塵（並下）（生）分明聽得那老安人將玉杵臼交付

嬋娟收去道是月中故物難道我今夜就是天上了

浣溪沙 申翟遊。世應少。心自搖搖。人間那得此逍遥。天上又應雲路渺。絕似黃粱夢未消。翻疑擲杖成橋。

尾聲 今宵喜定嬋娟約。未須月老通媒妁。准備着燕爾新婚在詰朝

第三十二齣 畢姻 霞外

侍女流霞上 老旦道扮旦俗扮仝

太常引 〔老旦〕之子于歸百輛將。僊珮動霞裳 瑤簪引鳳凰。百季成燧開祥

〔老旦〕芙蓉繡帳暖融和。勝事從今喜氣多〔旦〕自是山盟并海誓。長松千載結絲蘿 老〔旦〕我兒今日合

婚。已曾着功曹到蓬萊報知親舊。更喚月老以為賓相。想必就到。不免尋裴航進来。使先相認。然後就禮。流霞。你去請裴仙郎進来

流霞下〔同生上〕

〔前腔〕〔生〕青鳥關〻喜信傳瑞色上眉端非霧又非烟。人間別有瑤天

秦樓年少吹簫女。漢苑風流傅粉郎。共結絲蘿山海固。永諧琴瑟地天長〔入見老旦驚科〕姪兒。不須驚疑。昨日是我的化身〔生近前禮科〕〔老旦向旦云〕我兒近前見禮〔向生云〕這就是你妻晚雲〔生旦相向哭科〕

〔哭相思〕〔生〕生死久相捐。應是貞魂列上僊。〔旦〕抱石河干逢引手。只今完璧藍田

禮科　旦　這就是我的奶〻。
生復向老旦哭科　祖姑呵
前腔　相望白雲邊。那知有路入重玄。老旦　且收淚眼
休嗟嘆。喜酬夙世良緣
丑扮鐵拐李真人小生扮劉仙君貼扮樊夫人小淨扮月老隨上　丑　十洲三島是吾宮　小生　出即凌雲駕海風　貼　當日藍橋明指引　小淨　不須水上覓題紅　丑　列位請進　小生　仙長請前　次第進科　丑小生貼與老旦常禮科　小淨跪科　裴娘〻在上。月老叩頭　生旦與众禮科　生背語云　這些親眷。鶴姿童顏。渾如天仙一般　問老旦科　祖姑。這執杖老翁高姓尊號　老旦　這是李莱峰　丑　去年駕舟楚江渡子者我也　生再揖科　失瞻仰了　生又問科　這冠服宮妝儼然君后者為誰　老旦　此是劉綱仙君與雲翹夫人　貼　自鄂渚抵襄漢。誰與君同舟者　生　呀。原來就是樊夫人。得罪〻〻。小淨　列位老爺已叙舊情。

且行婚禮（列香案科）（小净）新人新郎。請即就位（就位科）（囑科）伏以。年少星郎歸洛浦。風流神女下天台。已度鵲橋。合交鴛帶（唱班拜科）拜禮已畢。請列位老爺把酒（小生）仙長請舉觴稱慶（丑）今日只取夫婦團圓。一定是賢弟與夫人（小生）恕僭了

（小生貼把生旦酒科）（生旦敬众酒科）（众坐科）

泣顔回（小生）香篆瑞爐烟。銀燭雀屏光映。杯傾琥珀。襲人處。合巹香傳。同心夙綰。羡今朝得舉梁鴻案。（合）巫峽裡瑤峰十二。畫堂前珠履三千

前腔（貼）金屋貯嬋娟。喜見龍乘鳳占。啼鶯語燕。相間處急管繁絃。桃花人面。憶當年難料償姻眷（合前）

古輪臺（合）夜將闌。橋成銀漢。水漪漣。路入桃源花爛

煬。風翻蝶扇。露冷蓮房。月上珠簾高捲。比目已諧。兮
情休怨。把舊離愁都付與水潺湲。且從歡忭。笑世間
因緣盡幻。悲娱聚散。傀儡當場。三更夢短。軟玉與溫
香須留戀。願白頭同升閬苑
（尾聲）從令長共倚香肩。喜咏周南第一篇。清風明月
抱無邉
仙配人間少　雲軿天上来
乘風且歸去　佳氣靄蓬莱
第三十三齣　玉洞譚真

新水令（生旦上）一輪秋月照玄關。映金莖露珠湛湛。芙蓉開遠嶂。玉女上層巒。鶴鹿盤旋。鶴鹿盤旋。耀真天華陽宮殿

（生）雲想衣裳花想容。秋風拂檻露華濃。若非羣玉山頭見。會向瑶池月下逢。娘子我與你蒙祖姑指引。來此玉峯洞中脩證。已覺境界與塵世不同。但金丹秘訣。未能透悟。娘子脩持最久。其中竅妙何以教我

駐馬聽（旦）九轉金丹。煉就先天藥一丸。（生）是什麼藥。（旦）須是精隨氣返。氣逐神完虛還三藏。窈窈冥冥是帝鄉。昏昏默默無世想。非助非忘。如真如幻。隋珠在掌

（生）脫化的光景若何

前腔（旦）魚水相忘。艮背行庭見主張。須知陰為陽母。水火地天下濟而光。較窄萬丈穴中盤還隨霹靂青霄上。化鶴翱翔。乘風來往。蓬萊方丈

（老旦捧丹藥上）我孫女與姪兒在玉峰洞中脩持。不免送些丹藥併菓品進去與他（相見禮科）（生）祖姑到此。有何指教（老旦）送些東西與你們用（生）是甚東西

沽美酒（老旦）壺中品。出上方。瓊英蕊絳雪丹。吞隨玉液與金漿交梨火棗香。晨昏服。寂為良。固真精把元神壯。脫凡骨。把靈胎換。從此後呵。積大千北面虛皇

還真一。永光素券。受用世風清月朗

清江引（生旦謝唱科）長生藥授恩非淺。出愬光猶爛。雨欲化魚龍。雲先試雞犬。謗躊躕。報瓊瑤。怎效東方獻

（老旦）洞門長自起煙霞（旦）渺渺紅塵遠俗家

（生）應傲世人生白髮（老旦）定知仙骨變黃芽

第三十四齣　天書召復

如冠子（生上）玉壺秋水。自覺丰神幽逸（旦上）昇銷紅日。田老紫芝。已忘甲子

（常禮科）（老旦上）

【唐多令】養成吴綽珠。倏忽蒼龍戲
（相見禮科）（老旦）我兒即設香案伺候。玉皇有旨到
了（小生扮天使擁金童玉女上）
【滴溜子】風飄下。風飄下。一封册旨。彩雲中。彩雲中爲
傳天語。遥看真人紫氣。羽化登仙。蕭史美玉。見有鳳
軸綸綵。聽啟
玉旨已到。跪。聽宣讀（生旦跪科）（開旨讀科）玉皇詔
曰。玄門功行期滿三千。化日因緣。貴成上果。玆爾
真人裴航。金仙曉雲。節義懋昭。坎離既濟。兹用錫
爾爲紫微仙君。雲英夫人。雌雄劍各一口。龍鳳珮
各一枚。服比王侯。飾同妃嬪。厥父廣志。厥母章氏。
起出冥司。同升上界。爾其欽命。以脩厥德。（謝恩）（更
衣謝恩科）（相禮科）（小生）玉旨諄切。仙君宜亟啟行。
（生）不穀到閻浮迎取先君。即當赴闕（相別科）（小生

衆下（生）祖姑在上。容姪兒拜謝（拜科）（老旦）龍飛滄海留珠樹（旦）虎卧雲房守玉芝（生）自喜姓名登紫府（老旦）從容白簡映丹墀（並下）

（小生扮盧顥丑扮道童上行唱）

（步々嬌）富貴浮雲。黃冠歸故里。自愛名山寓。長同木石居。散髮松陂。無限清幽致。喚虎守柴扉。猛回頭又見雲封閉

盧顥昔沉宦海。幸遇明師指點。棄官旋家。来此森山脩道。已經半載。今乃秋涼天氣。同道童下山訪友叅証一回。（丑咲指天科）師父你看今日雲開一色。靄々連天。莫非夏雲多奇峰也（小生）歎子。如今已值秋月。那里有夏雲（丑）這等我曉得了。曉得了想是我師徒二人。定有仙風道骨。此乃真人出結為五色祥雲。隱々相籠罩也（小生）這還說得不多。昔老子騎青牛過函谷關々尹子望有紫氣。

而知其為聖人。得授道德五千言。後謫上仙。想我們今日出去。諒有關尹子之邇也。須索趲行。正是一陣西風吹客去【丑】白雲深處望玄關【並下】

【生旦道服擁金童玉女執旌劍上】

【北二犯江兒水】金門羽客。做了箇金門羽客雲杪懸旌節。見複道橫空。後擁前遮。御輕風霓車捷人世送青春。泉路悲長夜。煩惱塲中。堪笑堪嗟。苦沉淪有慈航。難引接。蟬脫污泥。我是箇蟬脫污泥。濟川舟楫。我是箇濟川舟楫。喜相期返蓬瀛。歸路非賖

【生】夫人。我遠望自泰山来的。分明是盧君明你且與侍從隱身雲表。待我見他【旦與侍從入科】

步步嬌【小生丑上】策杖閒吟。出岫尋仙侶。危石亭孤倚橫

橋路自崎。風動蘿衣。露草多侵袂。(丑)師父。你看前面有箇人来了(小生)

空山人跡稀。料行人誤入雲深處。

(小生)遇生(科)原来就是君慈(相禮科)久別久別(生)這是那箇(小生)是小徒(生丑禮科)(小生)賢弟從那里来(生)小弟自霞外来。盧大哥何以到此(小生)勞兄結廬岱宗深處。正散步間幸得相遇。賢弟神彩倍常。必有所得。當以告我(生)忝在金蘭。敢不實告小弟名已登天府矣(丑諢科)師父。我先說祥雲滿空。必竟是真人紫氣。原来就是這漢子(小生)休得多話(生)脩煉之功。不離老子所云。虛其心。實其腹。二語足矣。兄其悟之(小生)勞兄悟得了。外其身而身存。玄門宗旨也。顯雖不敏。請嘗試之(生)老兄贛悟若此。不日間仙路相逢矣。小弟具有八行。并靈丹二顆。煩寄謝崔相國。更有百金。煩兄携至瀛州卞家。贖回轂童驑馬以歸故主。所至禱也。小弟有自用的紫府靈丹二顆。奉兄服之。此丹有脫胎換

骨之功（撩受科）（小生）昔叨至愛。復蒙厚惠。自當子
貧所托（生）小弟告別了。相思每切三秋月（小生）送
晤還疑一夢中（小生丑下）（旦）仝侍從上
（旦）相公這泰山景致儘堪流覽

【北二犯江兒水】（生旦）俺宗金闕。又何用俺宗金闕凌空覽八極。正天門度鶴。日觀鳴雞。漾栢深。秦松欝。傈人留犧后。神府出新芝。人倚雲隈。小結茅廬。料他時會東洋。乘赤鯉。琴鼓鍾期。不枉了琴鼓鍾期。無絃真趣頓解了無絃真趣。呀。正譚處聽鸞鈴又近冥岐

（旦）煉成丹鼎千季藥　（生）勘破黃庭一卷經
（众）天外並遊金鼓冷　雲中同載羽輪輕

第三十五齣 冥司業報

（鬼判上）小生扮閻浮天子擁

（西地錦）（小生）天錫地曹司理，平衡空鑑無私。酆亭應有奸雄至，屈軼階前遙指。

（小生坐众叅禮科）（小生）福有因緣禍有媒，冥中法網自恢恢。任君換日偷天手，到此還應若死灰。寡人乃一殿廣威王是也。奉上天之誥券，掌下界之刑名，文網靡踈。法輪常轉，今乃聽審之期。叫鬼判，即將解到人犯帶進問理。（小净扮金萬鎰丑扮錢媒婆夜人押上）（小净）黄金不到黄泉路，（丑）怎向公庭贖罪愆。（報門入科）（一起犯人金萬鎰等進跪科）（小生）金萬鎰，你驅使錢神，謀人妻子，身不勝辜。錢媒婆，你電光弄舌，霜操含冤，死難塞責。採下去各笞五十。（打科）（小生）取供。（小净）容小的分訴

（駐雲飛）節值清明，有女如雲出踏春。自覺芳心動，媒

妁来勾引。（丑）差。是你強求親。下情無任。隨到伊家。父毋親相允。（合）那識當初已娉人

（小生怒科）如此。叫夜乂。即將李遐壽夫婦拿来對理（夜乂應下）（淨拎李遐壽副末拎趙氏夜乂押上）（淨）閻王註定三更死。（副末）決不留人到四更（鄞門入科）二起犯人李遐壽夫婦進（跪科）（小生）李遐壽你負托悔婚。瞞生欺死。天譴難逃。趙氏。你助風煽焰。鷹啄蛇心。神光畢照。拿下去各杖六十（打科）（小生）從實招来

【前腔】（淨副末）控訴冊庭。當日扶孤本我心。裴子非孫仲方外躭虛境。嗏。因此上逼離姻。奸媒曲懇。萬鎰来婚。女知先自盡。惹下無端禍不輕

(小生)你夫婦當初得他玉杵臼。不爲聯婚。而反悔之。合受鐵杵之刑。金萬鎰。你與錢媒婆事同一體。合受黑水油鑊之獄。叫夜叉。即各押去(押出科)(淨副末)埂上草蕭蕭(小淨丑)耳邊風凜凜(夜叉云)黃泉路上來。舊業今方醒(並下)(探子鬼上)打聽天家事。傳聞地府知。啟爺爺。明日子時。有裴仙君來此尋覓父母。特來報知(小生)叫鬼判。准備提爐明香。伺候迎迓(鬼判應科)

(小生)明香遠迓上真來　(鬼判)業鬼羞看羽伏開

(小生)須識閻浮無定案　(判)人從心上轉輪迴

第三十六齣　蕋殿同升

(生旦擁金童玉女旌劒上)

(掛真兒)(生)瓊宮貝殿中天起。停驂處五色雲迷(旦)月落烏啼。風搖檜怒。自是重陰肅氣

小生扮閻羅全鬼判上跪迎科（小生）分理陰浮處
威王恭迓（生）請起揖科）驚動了。俺太君在那廂分
署（小生）在東嶽閻下南曹與簿待交了職務方得
来也（生）如此，你可前導我向酆都城一遊（小生引
前众行科（生）那前面高路是什麼所在（小生）
這是孤悽埂。高處是望鄉臺（生嘆科）
北普天樂）黑雲稠，陰風楚。聽林麓如猿吼，望鄉處望
鄉處萬里悠々，孤悽埂十里横秋（生）前面是什麼河（小生）是黑水河（生）呼
看黑浪連天蹴。汀岈絶鳧鷗（小淨丑在河中叫科）可憐可憐（生唱）忽聞
得人聲波裡。波裡上下沉浮
是那箇厮嚷（小生）已曾有廻風肅靜牌面在前，誰
敢厮嚷。快去拿來（夜叉押上跪科）（小淨丑）青天爺
爺救々々（旦見科）呼。這是東村金萬鎰與錢蝶
婆，爲何受此（小生）他平生號花醉酒。昔年謀殺丈

星源汪樵雲寫

人。就是這廝。如令受過黑水之刑。還當投身鑊
生）怎麼罪孽這等重。可度得麼（小生）他苦海自淪
慾火自煎。太甲有言天作孽。猶可違。自作孽。不可
活。此之謂也。叫夜叉。押去理刑司加杖一百。投入
油鍋（押小净丑出云）我當初謀贅伊家。只說他夫
離妻妒。那知還有今日。正是當時枉把觀音戀。那
見慈悲度衆生（並下）（生旦行科）前面山城是甚處
（小生）是陰刀山。阿鼻獄（生嘆科）
前腔）虎狼居。刀劍藪。墮輪迴。遭桎梏。箠楚下。箠楚下
地顢天呼巖谷裡鬼哭魂愁。前面是什麼子響（小生）是春字（生）呀。聽春
聲如擊斗。怎保那骷髏（净副末在春字内叫科）苦呵〻〻（生）想臼中淋
濺鮮血。鮮血漂杵長流
又是誰箇喧嚷（小生）即速拿來（夜叉押上跪科）（旦
見向哭云）爹娘。你怎麼受這等苦（生問小生云）不

轂岳父岳母。何以受此刑憲（小生）夫人夙世瞻他
玉杵曰。期續舊緣。他以鸞此致咼。辜恩負德。反約
寒盟。所以受此（生旦）能少從末減否（小生）他夫婦
人面獸心。應墮畜道。既承鈞命。待奏過天庭。發他
變為月中玉兔。長奉夫人顏色。其受賜不少矣。吽
左右。且饒他刑法。押去獄中。候旨定奪（押淨副末
出云）自悔當初忘舊約。那知今日沐
新恩（下）（外扮裴廣志貼扮章夫人上）

【憶秦娥】（外）辭青綬。從此去曳珮僊都（貼）崑崙深際叅
金母。閬風苑裡優游
（外）一子登仙。九族升天。聞得孩兒
到此。近前相見（生旦見哭拜科）

【哭相思】（生旦）長恨死生異路。喜今山海恩酬
（小生禮科）（鬼判叅科）（外貼）我方憾當日有失懷抱
於生前。不意今朝得見子媳於地下（生）孩兒幸證

上仙。已奉玉旨。封爹娘列為高真。請換衣冠。望闕
謝恩（更衣謝恩科）（金童玉女旌節上）寶幢來玉殿。
仙鶴下瑶臺。奉玉旨。請即赴玉京（生）爹娘請駕雲
輦同登天界（小生）小神為機務所羈。恕不遠送（生）
勞動了（小生）不敢（鞠躬退科）闊浮遠隔
三清路。不得相隨上玉京（下）（生众行唱）
（玉交枝）分離日久。看形容都異當初。夫榮妻貴皆天
授。更誇二老僊遊。振衣瞬息遠闊浮。乘槎漸欲凌星
斗嘆人生石火浮漚。自堪羡與天同壽
（末扮清泠真人同老旦上）（末）玄静。今日玄孫到冥
司迎取父母。已上雲霄。我和你須出天門一看（老
旦）正是（行相見众禮科）（生）祖姑。這同来老翁是誰
（老旦）我兒是你高祖清泠真人。你夙世本是瀛海
散仙張蕭航。你妻本是玉女樊雲英。月宮折桂。彼
此牽情。那時幸仗高祖保任。方得轉刼雲中再踏

夫婦昔曾化身百花亭上與你講道，後來你被岳家逐出。又指托身故譽。恩同罔極。須索拜謝（生拜謝云）玄孫暗沐深恩。涓滴莫報。復失瞻仰。罪極莫逭（末）仙凡殊像。何從辨認。且幸天界同升。不負當初保任可喜可喜。今得一家完聚。就此同赴薇垣（众行唱）

【前腔】德星聚首喜全家名隸册丘。猫犬同升應不謬。薇垣千載風流。九重天上繼箕裘。一粒粟中藏宇宙。嘆曩時長鎖眉頭。幸今番共開笑口

童女（稟科）薇垣已到（生旦嘆科）

【川撥棹】當日箇月殿隔瀛洲。謫雲中再效鸞儔。好姻緣已到頭。笑奸豪難洗羞

【尾聲】（合）紫薇花映彩雲浮。丹桂香迴上苑秋。仙珮光搖白玉樓

藍橋勝事自堪誇　莫羨天台滿赤霞
寓意風流供世玩　譚真唉吐落丹砂
浮華過眼成虛幻　荒草回頭好嗟嗟
但解逢場聊作戲　何須海上覓僊家

藍橋玉杵記下卷終

附蓬瀛真境

鷓鴣天　方丈蓬萊集萬僊。玉虛宮闕自天然。洞門深鎖祥雲裡。野鶴雙飛碧漢邊。　穿島岫。度松煙。瑶池宴罷復瓊筵。謾將幾曲霓裳調。打破醯雞甕裏天

鍾吕粉蝶兒　洞鎖煙蘿。常住在洞鎖煙蘿。你看那萬二僊雲鸞輕過。白眼着世事江河。遊十洲。遍三島。端的有丹臺百座。閒詠過了筠坡。花鳥聲頻頻相和

遠眺瀛壺別有天　青流如帶遶峰前

汪洋千頃潮聲急　夜半和風奏管絃

泣顏回萬頃素煙波千點浮鷗環遶無邊花柳端的是蚪地春多山如黛鎖璧虹橋龍吼天池左光皎皎月上層巒赤燐燐日出金波

洞洞洞前雲氣靄　堂堂堂裏曉鐘清

亭亭亭上多風月　二四神僊深處吟

上小樓俺只見奏丸人唱奏丸歌端的是閒消日月

多。俺只見苍迷閬苑。艸蔓鸞坡。天籟如笙管。棋石自
嵯峨。俺只見彩雲端蒲團兒坐得千峰破。雀屏深處
輕〻轉過。見幾箇女僊嬌。見幾箇女僊嬌。閒對着芙
蓉咲。好一似丹桂近嫦娥

萬錦鶯梭織就　孤亭天畔飛来
共醉白雲堆裏　詩成月影徘徊

泣顏回　煙霞此地賞心多。綸巾羽扇常共吟哦。百苍
成釀。千鍾滿酌無過。高山流水。謾携琴鹿石逍遥〻坐。

堪嘆那桃李關情。何如我隨時行樂。

機忘鷗狎汀前　吟罷鏵鳴柳上

晚来風度荷香　月共波光蕩漾

黄龍滚犯

聲隱〻泉奏石絃。聲隱〻泉奏石絃。鬧嚷

嚷人競龍舸嬌滴〻荷蕋連天嬌滴〻荷蕋連天。巍

巍〻奇雲萬朵。這的是雪宇氷壺不暑窩。緑楊千樹

拂平坡香剪〻萬壑薰風。香剪〻萬壑薰風。光閃〻

丹爐炎火

橋柳含煙藹　金莖滴露新
閒来眠石上　乘月聽松聲
撲燈鋨犯曉陰〻橋柳帶煙垂。夜涓〻露溶金掌破。香馥〻桂子飄。冷凄〻疎林虎泡。搖戛〻野鶴飛鳴。見磊〻恠石掛藤蘿。輕咽〻風高蟬脱。忽蓬〻沙汀上宿鷺動蘆柯
斷崕垂古栢　新月映寒梅
白雪應難和　巴歌強自裁

付

三

小樓犯　吹一笛梅花調。咏幾曲白雪歌。俺只見白了青天。老了青山。皺了青波。謾嗟咨杜海幾遷。桑田幾徙。江山幾換。把世界浮雲。撇髯閲過。

振衣叠翠巔　濯足滄浪水
風月主人翁　羲皇上人侶

生查子　緲緲靈臺秘閣。種種瓊卷玉果。湧湧的太液津。顆顆的白胡麻。喫只喫那日精月華充饑餓。翩翩處鳳舞與鸞歌。玎玎的玉珮聲。拖長嘯長呵。艸茵石

榻。隱〻間月裏眠来不脫蓑

方外無窮樂　壺中不老春

餐霞還吸露　石上日醺〻

尾聲　人生到處須行樂。古去今来瞬息過。不信人間瞶〻多

幾回跨鶴到恒沙　多少孳〻夜半嗟

為惜猿貪藤上蜜　枉教蝶戀眼前花

深沉苦海甘胥溺　般若慈航未肯槎

掀髯不堪閒閱處　謾敲漁鼓飯胡麻

天台奇遇

旦貼擁侍妾上

【新水令】乘鸞遥度五雲端。閱塵寰只堪長嘆。石電光應有限。蜂蝶夢幾時還。回首僊航。回首僊航。是誰們肯来海岍

旦　曳珮瑶池侍從年。御溝紅葉到君邊。相思携手

來巫峽。雲結紗幃雨結薰　奴家名喚含真、和姑
絳真。本是玉香仙子、夙世與劉晨阮肇結有来生
之願。他尚埋沒塵凡。如今入山採藥。不免下降天
台深處。與他會晤一回。度昇天界。多少是好

步步嬌　鴈蕩深藏。天台雲徑險、王子樵柯爛。閒棋一
局殘。獨對巫山。不盡湘妃怨。吹簫小洞天。引鸞凰共
效于飛願

遠遠望見兩人從石橋深畔而来。不免喚一陣儛

風化作一座瓊樓候他者

生小生提藥籃上

〔折桂令〕採松苓。偕入窮巖。穿烟渡水。絶勝桃源。憶當

年擲巾奇遇。那似崔山。怕的是石橋畔龍吟絶澗。愛

的是碧林間鶴飲醴泉。身境飄然。心境悠然。謾癡疑

麻姑消息誰傳

生混迹風塵數十年。而今採藥學求僊。青霞遠處

無人跡。疑是壺中別有天　俺自家漢隱士劉晨

阮肇便是今乃暮春天氣。尋郊步野。不覺竟到此間。四迷津路。如之柰何小生劉大哥。這桃花溪水。一杯流出。莫非有村居在內。待趲行幾步何如。生呀。你看山四深際呵

江兒水繡戶珠簾捲。玉沙瑤草連。數聲雞犬雲中喚。素嬋娟無語倚彫欄。曲迴廊玉兎舟砧亂。小生劉大哥。那深山窮谷。怎麼有此華居。莫不是妖穴也麼生唱兄弟且向篘扉訊訪作問科小娘子。請問這是

什麼所在（旦）告仙郎我們是秦時避亂人家（生向
小生科唱）你看他半晌回言。啓朱唇啼鶯語燕
（生）小生兄弟兩人採藥到此不覺肚中饑餓。敢求
一飯之濟不惜千金之報（旦）仙郎若不棄嫌就請
在荒山做箇風月主人。敢言一飯乎（生）多謝。我且
問小娘子這山無田可耕。喫的是什麼
【鴈兒落】（旦）喫的是還丹授長房。喫的是半勺青精飯
（生）這山也無桑可蚕。穿的是什麼（旦唱）穿的是月殿

紫霓裳。穿的是翎羽舞翩躚生這山四無人煙。小娘子住的敢是空中樓閣麼旦唱住的是白雲捧玉闕。住的是天造寥陽殿生這等受用可好麼旦唱受用的交梨火棗山中産。露蕋霜葩別樣香生聽小娘子這等說。敢是小生卷裡遇神僊了旦唱說什麼神僊。君名兒已掛在丹臺上

仙郎。妾已備有筵席。請令弟同入小軒一樂何如

生小生如此多謝生外入礼科旦貼仝坐飲科

【僥僥令】旦貼 桃李開春宴。笙歌徹四筵瓊樓深處堪留戀又何須屈指鶯巻數曆季。又何須屈指鶯巻數曆季

【妝江南】生小生 呀早知道這般樣壺天呵。誰待要戀塵凡。到不如芝田鋤月自清閒丹。成龍虎列僊班。你如今好挨。我如今好挨。準備着策馬東歸別故園

生 小娘子小生過蒙清愛。本欲即此偹真。桒兒女之念不能頓割。容小生回別故園。再到此間聚首

罷旦 仙郎既不少留。妾有絶句一首。以表送別之意。仙郎可記了誦詩科 雲鎖千峯午未開。乖花隨水入天台。劉郎莫記歸時路。只許劉郎一度來旦貼化清風去科 生 呀怎的劃地一聲。這娘子們都不知那里去了小生 唉。大哥這樓臺也不見了生 莫不是痛殺我也呵

【園林好】合 盼空山征雲冉冉。樓臺隱環珮蕭然。不盡落花啼鳥。誰共醉樽前。誰共醉樽前

卄

小生大哥。既是如此。且回家去　生小生行云

踏莎行先　霧失樓臺。月迷津渡。桃源望斷無尋處。
可堪幽谷閉春寒。杜鵑聲裡斜陽暮　生　呀。怎麼昔
日桑田都變為滄海了　丑　扮農夫吳歌上　綠遍山
源白滿川。子規聲裏雨如煙。鄉村四月閒人少。纔
了蠶桑又插田　生　那農夫。我問你。那阮四老官如
今可在家麼　丑　呀。你這先生問的。敢是二百季前
的人麼。我只聞得二百季前。有箇劉晨阮肇。入山

採藥不知所終。如今那里還有阮四官哩。生這等
劉晨家還有兒孫在麼 丑 唉。你這先生好笑。如今
只有第七代的孫兒了 丑 暗下科生 兄弟。這等是
進退無門了 小生 大哥，還往天台去俻罷。倘得再
遇。也未可知 生 小生行云

玉樓春

桃溪不作從容住。秋藕絕來無續處。當時
無奈鳥聲哀。今日重尋芳草路。 烟中列岫青無
數。鴈背斜陽紅欲暮。人如風後入江雲。情似雨餘

附

粘地䌸生　兄弟你看天台風景呵

（沽美酒）栢和松耐歲寒。桃共李。不如前只見夜深鐘鼓動天堂。趺坐草蒲團。餐石髓。臥嚴霜。縱談處魚龍隱見。長嘯時風清月朗。謾思量神女奇緣。到如今只成空囈。呀。猛擡頭驚來天畔。

生　兄弟。遠遠望見雲中兩箇女子冉冉而來。莫不是我們那仙姬也麼　旦貼上作空中叫科劉郎。阮郎。我奉虛皇紫詔。以汝大千功滿。合得上僊。今差

丹鳳一雙在此迎接。好駕羽衣而來也生外謝恩

科生外仙姬小生却多負了旦貼僊郎。夙世緣結。

何足介意。請即乘鸞。

清江引合由來夙世緣非淺。枉把凡情戀。今朝海島

遊。明日瑤池宴。望東洋泛僊槎。回首天台遠。

一杯流水泛胡麻　路入天台石徑斜

紅樹枝頭聞犬吠　寒山影裡見人家

溪邊瑤草寒朝露　天上珠簾捲暮霞

從此僊凡風景別　閬風苑裡醉耄花

ISBN 978-7-5010-7417-4
9 787501 074174 >
定價：100.00圓